La pelouse de la gare

Louise Revert

Contents

Léo va, chaque jour, à la pelouse de la gare. Il s'agit d'un espace vert à moitié caché parmi les arbres, tandis qu'un café fait face au seul côté visible depuis la rue. Léo connaît tous les habitués des lieux et même leurs habitudes. Mais un jour, un jeune homme qu'il n'a jamais vu vient s'asseoir à la pelouse de la gare. Et Léo décide d'en parler à son seul ami : lui-même.

première lettre

Vendredi

Cher futur Léo,

Je sais que ce que je fais est bizarre. Écrire à soi-même n'est pas ce que les gens font en général, surtout s'ils sont sains d'esprit. Enfin, j'imagine. Je ne veux pas être insultant envers ceux qui le font, c'est juste que je trouve ça bizarre. Mais bon, il faut me rendre à l'évidence : je suis bizarre. Fondamentalement bizarre.

Alors oui. Je m'écris. Et je sais que tu ne dois pas te demander pourquoi j'ai fait ça, futur Léo, car tu l'as su. Mais si jamais tu as oublié : un garçon est venu à la pelouse de la gare. Ta pelouse, oui. Ma pelouse, aussi. C'est même plutôt la mienne que la tienne, mais je t'octroie une part de ma pelouse étant donné que tu es un peu moi. Quoiqu'on dit qu'on change à chaque instant, n'est-ce pas ? Et que tous les sept ans, nos cellules se renouvellent ? Ainsi tu n'es plus vraiment moi. Tu as mon prénom, ma famille, mes études derrière toi, ma vie. Mais tu n'es pas vraiment moi.

Je m'égare.

Je disais donc qu'un garçon était venu à la pelouse de la gare. Il est arrivé à 17 heures 46, juste après que la vieille dame aux cheveux violets soit partie avec son petit-fils et juste avant que ma prof de littérature prenne son train. Tu te souviens de Madame Jacques ? Elle me déteste. Je ne sais pas si c'est à cause de mes remarques sarcastiques quand quelqu'un dit une idiotie ou si c'est à cause de mon mutisme quand elle m'interroge. Peut-être les deux. Je ne sais pas, peut-être que toi tu le sais. Il y aura bien une réponse un jour, non ? Tout finit par s'éclaircir.

Quoiqu'il en soit, un garçon est venu aujourd'hui. Je ne l'ai jamais vu de ma vie. Pourtant, il doit avoir mon âge, à peu près quelques années. Je n'ai jamais été doué pour estimer quelque chose : un poids en soupesant à la main, l'âge (d'un enfant entre zéro et quinze ans tout particulièrement), ou m'estimer en général. Ce n'est juste pas mon truc, d'estimer. Je l'ai regardé longtemps. Il avait des cheveux bouclés et châtains, des lunettes de soleil à la mode, un chapeau en paille. Une guitare dans un étui, sur lequel il a posé sa tête. Il a regardé le ciel et les nuages puis le ciel a commencé à s'assombrir peu à peu. Il est parti à 20 heures piles. Normalement, je pars à 19 heures 02 pour prendre le bus de 04, mais il m'a perturbé. Je connais toutes les personnes qui viennent à la pelouse de la gare, je sais quels jours elles viennent, ce qu'elles font, leur moyen de transport. Je connais tout d'elles, j'ai appris à les connaître. Je viens ici depuis six ans pour regarder les gens, les étudier parfois. Peut-être. Je n'ai pas la prétention de savoir qui ils sont juste en les connaissant tels qu'ils sont à la pelouse de la gare, mais je me surprends parfois à leur inventer une vie.

D'ailleurs, cet inconnu s'appellera à partir de maintenant Maxime. C'est un joli prénom, ça lui va bien. J'imagine qu'il fait de la guitare depuis qu'il est tout petit. C'est son père qui le lui a appris, et c'est comme ça qu'il a séduit sa femme. Mais la mère de Maxime est partie depuis longtemps, d'un cancer féminin. Ils ne vivent que tous les deux et adorent jouer ensemble, se faire des bœufs musicaux, composer. Pourquoi décide-t-il de venir sur cette pelouse ? Je dirais qu'il a besoin de calme car sa petite-amie est très stressée à cause de ses examens, de ce fait il ne peut pas aller chez elle et elle l'embête un peu. Il ne comprend pas pourquoi elle se soucie tant de l'école. Il sait que le but de la vie n'est pas le baccalauréat, mais ce qui est après et tout ce qui va avec. L'expérience humaine de la vie est plus importante que l'expérience professionnelle. C'est ce qu'il pense et j'avoue que c'est ce que je pense aussi.

Ça doit expliquer mes mauvaises notes et mon appréciation générale — « élève peu intéressé, qui a les capacités mais ne les utilise pas : résultat insuffisant » — et je dois dire que je ne peux pas vraiment aller à l'encontre de ces mots : je ne suis généralement pas intéressé par les cours qu'on me propose (sauf l'art plastique, mais apparemment ça ne compte pas pour les représentants de l'éducation nationale qui travaillent à mon lycée). Je ne suis pas certain d'avoir les capacités. Je les ai eues, mais je crois qu'elles m'ont laissée sur le côté du chemin. Depuis que je vais à la pelouse de la gare au lieu de faire mes devoirs, mes résultats ont étonnamment baissé... Sans commentaire.

J'ai essayé de ne pas le regarder pendant les heures où il était allongé à ma droite, dans ma diagonale. Mais, je ne sais pas exactement pourquoi, sa personne m'attirait. Il dégageait quelque chose. Il avait l'air à l'aise, comme s'il était parfaitement à sa place alors qu'il ne venait jamais ici ; du moins quand j'étais là. Il m'intrigue. Je me demande s'il sera là demain.

Maman est rentrée, c'est vendredi donc elle revient avec les courses. Je vais aller l'aider. D'ailleurs, elle m'appelle pour me demander ce que je veux manger ce soir. Je n'ai pas très faim.

À bientôt mon futur moi, en espérant que tout va bien pour toi (et donc pour moi).

Léo

deuxièmelettre

Samedi

Cher futur Léo,

Aujourd'hui, je me suis réveillé à 4 heures 27. Encore une fois. Je ne l'ai pas dit à Maman, elle risquerait de s'inquiéter pour rien. Elle est tendue en ce moment : la date fatidique approche. Je suppose que c'est pour ça que je recommence à me lever aussi tôt. J'avais réussi à me stabiliser à six heures, mais on dirait bien que c'est reparti pour un tour. Au moins, me lever aux aurores me permet de m'adonner à mon deuxième passe-temps favori : naviguer de lien en lien sur Wikipédia. J'espère que c'est toujours le cas quand tu liras ces lettres, car franchement j'apprends beaucoup de choses avec cette méthode. J'étais du côté scientifique puis je suis arrivée vers la soeur de John Kennedy, qui a subi une lobotomie à cause de sa schizophrénie. Ses parents essayaient de l'aider. Car c'est ce que sont censés faire les parents, non ? Aider leurs enfants ? Alors pourquoi certains font-ils n'importe quoi ? Évidemment, nous savons tous les deux de qui je parle. J'espère que tu vas bien à ce niveau-là, futur moi, et que ça n'entrave pas ta vie.

J'ai aussi dessiné, ce matin. Jusque midi, quand ma mère s'est levée. J'étais dans l'atelier, l'ancienne troisième chambre de la maison. Il reste toujours son lit, sur le côté près de la fenêtre, mais nous avons mis deux très grands bureaux : un pour ma mère, un pour moi. Le mien est bien plus bordélique (j'ai toujours été comme ça) tandis que celui de Maman est très ordonné. Il y a ses planches de tendance du moment sur un tableau en liège accroché au mur, ses chutes de tissus pour les costumes, sa machine à coudre. Sur le mien, un empilement approximatif de papiers griffonnés ou à peine utilisés, des carnets remplis, une toile en cours depuis un mois, mes godets d'aquarelle trônant au sommet de cette pile bancale, tenant par miracle. J'ai à peine assez d'espace pour dessiner et peindre, mais au moins mon bureau me ressemble.

Nous avons cuisiné un petit brunch, comme tous les week-ends, et nous avons mangé en regardant un documentaire sur une nouvelle comédie musicale. Ma mère notait des idées et mettait sur pause pour prendre des photos des costumes, et moi je ne pensais qu'à l'inconnu de la pelouse que j'avais baptisé Maxime. Serait-il là aujourd'hui ? Avec sa guitare ? Avec quelqu'un de son entourage ? Il y avait mille possibilités.

Maman reste en pyjama le week-end, alors elle est directement partie dans l'atelier. J'ai rangé la table de la cuisine et je suis monté prendre une douche et m'habiller. J'ai l'habitude de sortir à 13 heures 01 pour prendre le bus de 13 heures 09 tous les samedis, alors j'ai suivi mon programme habituel. Quand je suis arrivé à la gare, j'ai enlevé mes écouteurs pour entendre le bruit des trains et je me suis senti bien, comme à chaque fois que je viens ici. Je me demande si c'est toujours le cas pour toi, futur moi. Viens-tu toujours ici ? Ou as-tu une nouvelle pelouse près d'une autre gare ? Je pense que tout le monde devrait avoir sa pelouse. Un endroit qui nous fait tout oublier, un endroit où on a ses habitudes, où on est accepté peu importe qui nous sommes. Un endroit où on peut se sentir bien même quand rien ne va. J'espère que tu as cet endroit. Si ce n'est pas le cas, reviens ici, sur ma pelouse actuelle. Il y aura toujours de la place pour nous.

J'ai descendu les escaliers qui mènent à la pelouse bordée d'arbres et j'ai remarqué qu'il n'y avait presque personne. La vieille dame aux cheveux violets d'hier, mais sans son petit-fils, était assise sur un banc et tricotait ce qui semblait être une écharpe bleue et grise. Comme tous les samedis, deux hommes d'un certain âge jouaient aux échecs sur une table prévue pour et installée deux ans auparavant par la mairie. L'inconnu à la guitare n'était pas là.

J'ai machinalement regardé le café d'en face. C'était plus un salon de thé du point de vue de la façade, avec des petites chaises en cuivre et des sachets de bergamote derrière la vitrine, et...

Maxime était en train de regarder la carte du salon de thé. Il avait sa guitare sur le dos et son téléphone dernier cri à l'oreille. Il est entré à l'intérieur du café et j'ai vu à travers la vitrine qu'il s'était assis à une table du côté de la rue. Je n'avais pas beaucoup d'argent sur moi (environ 4 euros pour être exact) mais je me suis dit qu'un café ne me ferait pas de mal.

Alors j'y suis allé. J'avais envie de connaître d'autres choses sur lui donc je me suis assis pas très loin de sa table et j'ai commandé un cappucino. Maman m'interdit de boire des boissons contenant de la caféine, elle sait que ça à un mauvais effet sur moi. Je finis toujours par trop en boire et ne plus dormir, par avoir des sortes d'hallucinations à cause du manque de sommeil... J'espère que ce n'est plus le cas pour toi, futur moi. Car, tu dois t'en souvenir, c'est pas le pied.

Bref, je jetais quelques coups d'œil à celui que j'avais nommé Maxime puis quelqu'un est arrivé. Quelqu'une, en fait. Je me suis demandé si c'était sa copine. Puis elle m'a inconsciemment confirmé que ce n'était pas le cas en lui serrant la main pour lui dire bonjour. J'ai tendu l'oreille.

« Alors, Théo, qu'est-ce que tu veux lui dire encore ?

– Il me manque. Tu le sais, c'est pour ça que je t'ai fait venir. Dis-lui que j'ai besoin de lui, désespérément besoin de lui. »

La jeune fille blonde a secoué la tête et a soupiré.

« Matthias a fait son choix. Il ne veut plus te voir.

– Tu es sa sœur, il t'écoutera ! Dis-lui. S'il te plaît.

– Pourquoi est-ce que je t'écouterais ? Tu as fait du mal à mon petit frère. Il n'a plus confiance en toi et il n'aura probablement plus confiance en personne avant longtemps à cause de toi. Tu es un idiot, Théo. Tu as tout gâché entre vous deux et tu te ridiculises à lui courir après. Respecte Matthias. Respecte son choix. C'est la moindre des choses après ce que tu lui as fait. »

Cela a cloué le bec audit Théo. D'ailleurs, je me suis bien trompé au niveau de son prénom. Mais, eh, je n'ai jamais dit que j'étais doué pour les devinettes avec des millions de possibilités. J'ai juste dit que j'aimais imaginer une vie aux gens de la pelouse de la gare.

J'ai d'ailleurs regardé par la vitrine et j'ai constaté que les joueurs d'échecs étaient toujours là, que la vieille dame qui tricotait discutait à présent avec une mamie, sans doute à propos du caniche blanc qu'elles caressaient toutes deux, et des petits qui viennent jouer au foot à 13 heures 25 installaient les cages de buts avec leurs sacs à dos. Il ne manquait que moi dans le tableau, assis sur la droite de la pelouse, près d'un banc où je ne m'assois jamais. Je n'aime pas les bancs, ça me rappelle de mauvais souvenirs. J'espère que, toi, ça va bien à ce niveau-là. Que ça va mieux, en tout cas. Bref. Je vais te raconter la suite.

La sœur du Matthias en question s'est levée et à mis son sac sur son épaule. Théo n'a pas cherché pas à la retenir ; au lieu de ça, il a demandé de l'alcool. « Je suis navré, nous ne servons pas de boissons alcoolisées ici » : pas de degrés dans les salons de thé.

Quand le serveur est parti et quand la jeune fille aussi, Théo/Maxime a commencé à sangloter. Ça m'a fait mal pour lui, ça me fait encore mal pour lui maintenant à vrai dire. Le pauvre. J'ai commencé à bien l'apprécier en imaginant sa vie avec son père et sa petite-amie. D'ailleurs, là aussi, je me suis trompé. C'est un copain qui le quitte car Théo lui a fait du mal. Théo étant capable d'aller parler à la sœur dudit Matthias pour parvenir à ses fins, signe qu'il l'aime beaucoup.

« Pourquoi la vie c'est vraiment de la merde ? »

J'ai regardé dans toute la pièce à qui il s'adressait mais il n'y avait que moi. J'ai paniqué et je me suis montré du doigt quand j'ai croisé son regard, en mimant la question qui me brûlait les lèvres : « est-ce que c'est à moi que tu parles ? ».

Ça l'a amusé, ça a eu l'air en tout cas. Il a esquissé un sourire à travers ses larmes.

« Oui, je te parle à toi.

– Ce n'était pas clair pour ma défense.

– Tu peux me dire pourquoi les mecs sont des connards ? Et par « mecs » j'entends « moi ».

– Normalement c'est une fille qui demande ça à un inconnu.

– T'es pas un peu chiant comme mec ? Je t'ai posé une question simple.

– La réponse n'est pas aussi simple. Je ne te connais pas. »

Il a haussé les épaules l'air de dire que j'avais marqué un point, puis il m'a signifié qu'il attendait une réponse en me regardant, les yeux toujours embués de larmes.

« Mais j'en sais rien, moi.

– Tu as écouté la conversation.

– Négatif.

– Je ne te crois pas. Mais faisons comme si, je vais donc t'expliquer la situation : j'ai trompé mon copain mais ce n'était pas voulu.

– Tu ne vas quand même pas me dire que tu as trébuché et que ta langue s'est mise dans la bouche d'un autre ?

– Ce n'est pas exactement ça. J'étais à une soirée et une fille me faisait du pied alors qu'on jouait au poker. J'avoue que je n'ai rien dit et que ça faisait un moment qu'elle me lançait et relançait – mais Matthias ne l'a su qu'après l'incident. Donc, pour qu'elle arrête, j'ai été me servir un verre et cette fille m'a suivi et s'est jetée sur moi. Littéralement. Sur le coup, j'ai répondu à son baiser, c'est vrai. Je ne sais même pas pourquoi – peut-être car j'étais un peu saoul. J'aurais pu lui révéler la vérité doucement, mais c'est arrivé au moment exact où Matthias avait envie de rentrer et ainsi au moment exact où il me cherchait pour qu'on s'en aille. Et donc au moment exact où il m'a trouvé. »

Je me demande s'il me voit comme un potentiel plan drague. C'est vrai qu'il m'a demandé de le voir demain, quand même. Je parlerais de ça plus tard, mais j'avoue que je me questionne sur ma sexualité depuis... depuis toujours. Mais je n'ai pas d'ami, je ne risque donc pas d'avoir un copain ou une copine. Bref.

« T'as pas vraiment de bol.

– Merci mais je crois que je l'avais remarqué. » dit-il sarcastiquement.

Je ne suis pas très doué avec les conversations. Ou même avec les relations sociales. La seule personne à qui je parle de mon plein gré est Maman, tu le sais bien. (J'espère que ceci a changé aussi, d'ailleurs.)

« De toute façon, comment veux-tu que je t'aide ? » j'ai proposé.

Il a gardé le silence quelques secondes. Lui-même n'en avait pas la moindre idée. C'était compréhensible.

« Si je trouve un moyen, tu le feras ? Tu m'aideras ? »

Ce n'est pas si j'avais quelque chose à faire de ma vie. Donc j'ai accepté mais j'ai fait exprès de ne pas paraître convaincu.

« Ouais, ouais. On verra. »

Il a dit qu'il devait y aller, m'a demandé d'être au même endroit demain, et m'a laissé. Ce n'était pas comme si nous étions à la même table : trois nous séparaient, donc c'était parfaitement normal. Je suis retourné à la pelouse et j'ai pensé que ça faisait longtemps que je n'avais pas eu de contacts sociaux. Excepté en cours, où il arrive que les profs m'interrogent. C'est très rare cela dit. En même temps, je ne réponds pas quand on me parle donc les gens ont fini par comprendre. Il faut bien au bout d'un moment.

Je décidé de rentrer chez moi à l'heure habituelle : 19 heures 02. Maman tente actuellement de me convaincre d'essayer un pantalon pour Dom Juan. Je suppose que tu te souviens toujours de cet épisode humiliant car je suis sur le point d'accepter.

Demain, j'irai au salon de thé de la gare. Je me demande si c'est une bonne idée. J'ai peur qu'il se fiche de moi. Il n'a visiblement pas l'air d'être une personne que je côtoie : il va à des soirées et boit et a des amis, des filles qui lui courent après et même un mec. Moi ? Je passe ma vie à dessiner et à ressasser. Et à aller à la pelouse de la gare car je ne me sens même pas à l'aise chez moi.

Je ne sais pas. J'irai à la pelouse en tout cas. On verra s'il me trouve.

Léo

troisièmelettre

Dimanche

Cher futur Léo,

J'y suis allé. À la pelouse, je veux dire. Il était 14 heures 59 et la vieille dame aux cheveux violets tricotait une autre écharpe. Elle tricote toujours quand son petit-fils n'est pas avec elle ; j'imagine qu'elle est un peu accro. Peut-être qu'elle a eu un traumatisme quand elle était plus jeune, peut-être que sa mère tricotait et lui a demandé, sur son lit de mort, de lui fabriquer une écharpe pour son enterrement ? Cette vieille dame est si douée qu'elle tricote en regardant les alentours. J'aimerais être aussi doué que ça dans quelque chose.

Bref, j'y suis allé et à 14 heures 59, Théo était devant le salon de thé. Je me suis demandé si je devais aller à sa rencontre et j'en suis venu à la conclusion que non. Je n'avais pas envie de bouger et je n'avais pas envie d'aller le voir et je n'avais pas envie qu'il me demande mon aide alors que j'étais incapable d'aider qui que ce soit.

De ce fait j'ai détourné la tête et j'ai tourné le dos au salon de thé, et donc à Théo. C'est nul d'avoir fait ça, je le sais. Je lui avais dit que je serais là mais je me suis dégonflé. Enfin, ça ne l'a pas arrêté pour autant.

J'ai senti une main sur mon épaule. Je savais que c'était lui.

« Tu es le type d'hier ? »

Je me suis retourné. Théo avait ses lunettes de soleil posées sur ses cheveux bouclés et, quand il m'a reconnu, un sourire s'est fait voir sur son visage.

J'ai paniqué ; comment lui expliquer pourquoi je n'étais pas dans le café ? Bon, je n'étais pas loin, mais je n'avais même pas daigné le chercher du regard.

« Je sais comment tu peux m'aider. »

Ah. Aider = relation sociale. Moi pas aimer relation sociale.

Je l'ai regardé fixement pour qu'il développe.

« Fais semblant d'être mon nouveau copain à une soirée. »

Aider = relations sociales. Moi aimer encore moins les relations sociales.

Je ne pouvais pas lui dire oui. Je ne sais pas comment me comporter en société, quelle aide pourrais-je lui apporter ? On voit bien qu'il ne me connaît pas. Aucune personne saine d'esprit me connaissant n'aurait l'idée de demander mon aide pour aller à une soirée. Je n'avais jamais mis les pieds à une fête et ce n'était pas prêt d'arriver.

« Non.

— Tu m'as dit que tu le ferais.

— J'ai dit qu'on verrait, nuance. Et j'ai vu : je ne veux pas faire ça.

— Ce n'est rien du tout ! Tu dois juste rester à côté de moi et faire en sorte de te comporter comme si on s'aimait bien.

— De tout façon je ne pourrais pas ce jour-là.

— Je ne t'ai même pas dit quel jour c'était... »

J'ai soupiré. Quelle importance ? Ce n'est pas comme si ma mère accepterait de me laisser sortir en semaine ou bien le dimanche soir.

« Je ne sors pas. C'est comme ça. Tu as l'intention de rester longtemps ici, à me cacher le soleil ? J'ai d'autres choses à faire.

— Tu es tellement insolent ! a-t-il dit avec un sourire, avant de s'assoir à mes côtés. Comment tu t'appelles ?

— C'est une façon de me pousser à accepter ta proposition ? Car ce sera toujours la même réponse : non.

— Ou alors je veux juste connaître le prénom de la personne avec qui je parle ? C'est envisageable ?

— Léo.

— Théo, s'est-il présenté.

— Je sais. »

Il a esquissé un sourire. Puis, rapidement, des larmes sont venues le troubler. Moment gênant. Car je ne sais pas consoler les gens. Je ne sais même pas parler avec eux. Je ne suis pas agréable. Est-ce que ça me dérange ? Pas plus que ça. J'y suis habitué maintenant. Mais qu'est-ce que je pouvais faire pour l'aider ?

J'ai réfléchi quelques secondes puis j'ai entendu qu'il reniflait, donc j'ai sorti un mouchoir de ma poche et je le lui ai tendu. Il m'a remercié, a retenu ses larmes, puis s'est mouché.

Et enfin il m'a regardé dans les yeux. Il les avait très foncés, tandis que je savais que les miens étaient à leur exact opposé : bleu clair.

« Est-ce que tu pourrais venir à la soirée ? C'est hyper important, j'aime Matthias, je ne peux pas le laisser partir. S'il te plaît.

— On se connait ? ai-je négligemment demandé en levant les yeux au ciel.

— Tu t'appelles Léo. Tu dois sûrement être au lycée, je dirais que tu es en S, tu as une bonne tête de S. Tu as une copine super chiante qui adore les figures de style et tout s'explique car elle est en L. Je dirais que tu es en term' et elle en première. Tu vis avec ton père qui a deux chiens énormes et ta mère écrit un roman depuis maintenant trois ans, sauf que personne n'en a lu la moindre page. »

Je suis resté silencieux. C'est quoi tout ce charabia ? Et si, moi aussi, je me trompais autant lorsque j'imaginais la vie des gens de la pelouse de la gare ?

« Tu as bon jusqu'au milieu de ta deuxième phrase. Je m'appelle bien Léo, je suis bien au lycée, mais tout le reste c'est n'importe quoi.

— Est-ce que ça veut dire que tu m'accompagnes ?

— De toute façon, rendre jaloux ton copain n'est pas la meilleure façon de le récupérer. Tu l'as trompé, il va juste s'imaginer que tu profites du fait qu'il ne soit plus là.

— Matthias est jaloux. S'il me voit avec toi, je suis sûr qu'il va accepter de me parler.

— C'est tordu.

— Nous sommes tous tordus. »

Je ne pouvais pas ne pas être d'accord avec lui. Tout le monde est tordu. Mais au point de comprendre que la personne qu'on aime le plus au monde en profite pour sortir avec quelqu'un d'autre alors qu'on vient de se séparer ? J'en doute fortement.

« C'est trop tordu. Je ne le ferais pas.

— S'il te plaît. Tu as l'air d'être la bonne personne. En plus, tu es totalement mon type, c'est carrément crédible ; Matthias ne va y voir que du feu !

— Ton type ? » me suis-je étonné.

Je ne suis le type de personne en général. Personne ne m'adresse jamais la parole au lycée, sauf à chaque fois qu'il y a DM de maths et qu'on veut me subtiliser les réponses.

« Tu es grand, brun, les yeux bleus... Tu es mon type mais en même temps très différent de Matthias. Tu es parfait. »

C'était bien la première fois qu'on me le disait. Peut-être que ma mère me l'a dit, avant. Je n'en sais rien. Elle est la seule à me dire qu'elle m'aime mais ça ne va pas plus loin. Je ne suis pas du genre à me plaindre de ma vie donc, forcément, elle n'a pas besoin de me rassurer. Je ne me confis pas beaucoup. J'espère que ce n'est plus le cas quand tu lis cette lettre, futur moi. C'est pas marrant tous les jours.

« C'est quoi cette soirée ? » ai-je demandé, juste pour savoir.

Il a affiché un sourire vainqueur.

« Je n'ai pas dit que je t'y accompagnais !

— C'est une fête pour l'anniversaire d'un pote commun avec Matthias. Il y aura, je sais pas, dix à quinze personnes.

— Il y aura de l'alcool ? De la drogue ? »

Ma mère m'avait toujours mis en garde contre ce genre de choses.

« Oh, de l'alcool sûrement. De la drogue ? Disons juste des pétards.

— « Juste » des pétards ? Je veux pas me faire arrêter par la police moi...

— T'inquiète, c'est confidentiel. C'est pas une soirée comme à la télévision. C'est tranquille. »

J'avais un doute. J'avais dans la tête la voix de ma mère me contre-indiquant d'aller chez des inconnus et de consommer des substances illicites par dessus le marché. Je n'ai pas beaucoup d'expérience des fêtes globalement, mais s'il y a de l'alcool et de la drogue c'est que je ne devrais pas y aller. Aussi simple que ça.

Voyant ma tête peu rassurée, Théo a ajouté :

« Puis de toute façon t'es pas obligé de consommer.

— Mais c'est pas une raison !

— Oh ça va. Comme si tu n'avais jamais rien fumé ! » a-t-il dit en levant les yeux au ciel.

Il m'a fixé pendant que je mordais mes lèvres.

« Tu n'as... jamais fumé ? Même pas une clope ?

— Non. Ma mère ne veut pas.

— Tu crois sérieusement que mes parents m'encouragent ? »

D'accord, donc je m'étais trompé concernant sa famille. Il a toujours ses deux parents. Je rappelle que je n'ai jamais dit être doué pour les devinettes.

« Aller, viens. Je te donne ce que tu veux en échange.

— Je n'ai besoin de rien. »

Du moins, rien de la part d'un inconnu.

« Qu'est-ce qu'il faut que je fasse pour que tu viennes ? »

Moi-même, je n'en avais pas la moindre idée. Qu'il me fasse sortir un peu plus ? Tu sais très bien que je n'en veux pas, futur moi. Je suis très bien seul. M'aider à rencontrer quelqu'un ? Pour quoi faire ? De toute façon, je l'ai déjà précisé, je ne suis le type de personne.

Bon, sauf de Théo apparemment.

Cette lettre devient étrange. De ce fait, je vais peut-être abréger un peu la conversation que nous avons eu, de toute façon je ne m'en souviens qu'en partie.

Alors Théo a continué de me supplier pendant près d'une heure et, quand j'en ai eu vraiment assez, j'ai cédé. J'ai été faible, je le sais.

Entre temps, nous avons parlé d'art. Il joue dans un groupe de rock qui s'appelle Aro(mantique)basque, qui se prononce en deux mots : Aromantique Arobasque. Pour faire plus court, il m'a dit qu'on coupait et qu'on disait Aro pour parler du groupe. Apparemment, ils sont plus connus sous le nom d'Aro que leur véritable nom. Bref, ils font des reprises et quelques chansons originales. Ils ont sorti un single sur iTunes et ils sont connus principalement dans la région, puisqu'ils y font des concerts chaque week-end. Leur nom de groupe vient du fait qu'ils avaient tous l'impression d'être aromantiques quand ils étaient jeunes. Ils étaient une bande à part et ils ne ressentaient rien avec les filles. Sur quatre, deux ont changé de bord et les deux autres continuent à vivre avec leur statut d'aro. Apparemment, le batteur serait bi mais un peu aro en même temps.

« C'est compliqué. » m'a dit Théo.

Alors voilà. J'ai cédé. Tout ça parce qu'il m'a parlé de son groupe et qu'il a su m'envoûter suffisamment pour que je vienne à sa fête mardi. Mardi ! Pourquoi ai-je accepté ? Ma mère ne voudra jamais que j'y aille. Il ne faut pas rêver.

Léo

quatrièmelettre

Mardi (enfin plutôt mercredi matin, mais comme je n'ai pas très bien dormi on va dire mardi)

Cher futur Léo,

Les fêtes, ça craint.

Quand je dis ça, je veux vraiment que ce soit clair. Les fêtes, ça craint carrément. J'ai passé la pire soirée de ma vie. À croire que je n'aurais jamais dû l'écouter. J'ai été obligé de faire des choses que je n'avais pas envie de faire et de dire des choses que je n'avais pas envie de dire. Tout ça à cause de ce Matthias qu'il fallait rendre jaloux. Bon, je n'ai pas été abusé, j'étais consentant. Mais quand même. Je n'avais pas très envie de faire ce que j'ai fait.

Théo m'avait donné son numéro dimanche, alors mardi midi je lui ai demandé où la soirée se passait. Soit à quarante minutes de bus de chez moi. Déjà, ça ne me donnait pas particulièrement envie d'y aller donc Théo a dû me convaincre à nouveau. Puis il m'a proposé de m'emmener car, de toute façon, il n'y aurait sans doute plus de bus quand je voudrais rentrer. Ce qui signifiait bien évidemment que j'allais être dépendant de lui en raison de mon incapacité à conduire et à mon souhait de ne pas voler de voiture ou quoi que ce soit pour me rendre chez moi. Et je ne pouvais décemment pas demander à Maman de venir me chercher.

D'ailleurs, elle a été ravie quand elle a su que j'allais à une fête. Je ne suis pas si renfermé que ça, pourtant. C'est juste les gens qui ne veulent pas me parler. Je n'y peux rien, je ne peux ni les forcer à me parler, ni les forcer à m'inviter à leurs fêtes stupides. Même quand j'ai dit à Maman qu'il y aurait de l'alcool et des joints, elle m'a juste répété trois fois de faire attention avec mes médicaments. Comme si je ne le savais pas.

Alors Théo est venu me chercher pour neuf heures. Je trouvais que ça commençait tard, mais maintenant je sais pourquoi : étant donné l'heure à laquelle ça se termine... Théo avait sa guitare sur la plage arrière et m'a invité à m'asseoir à la place du mort. Il paraissait très stressé et tapotait du doigt sur le volant, mais pas du tout comme s'il écoutait la chanson et trouvait le rythme entraînant. Plutôt comme si c'était l'épreuve de sa vie, qu'il devait absolument convaincre Matthias de lui parler car c'était l'amour de sa vie. L'épreuve de sa vie pour l'amour de sa vie.

J'aimerais beaucoup avoir quelqu'un qui me choisisse en dépit de tout. Que ce soit toujours moi, même dans une foule de gens. Mais bon. Peut-être que quand tu lis ça, c'est le cas. Je l'espère, c'est pas cool tous les jours de toujours passer pour l'alternative que personne n'a prise.

« Stressé ? » ai-je demandé pendant qu'il démarrait.

Il m'a regardé avec un air blasé.

« Tu te fous de moi ? C'est l'opération de la dernière chance. Si je foire ce soir, je le perds.

— Pourquoi tu foirerais ?

— Parce que je l'aime. Et l'amour, ça fait tout foirer. »

Je trouvais alors que c'était un peu pessimiste. Puis la soirée est passée et maintenant je ne trouve plus du tout que ça le soit. J'expliquerai ça après.

Bref, Théo a conduit quelques minutes encore (dans le silence le plus complet) puis nous sommes arrivés devant une assez grande maison avec des guirlandes multicolores. Il a garé la voiture juste devant la maison en question et nous en sommes sortis. Il est venu vers moi après avoir fait le tour de la voiture.

« Dis-le moi directement : ça te dérange de m'embrasser ?

— Euh... un peu, oui.

— D'accord, on fera sans. »

Puis il a pris ma main. Il a pris ma main. Personne ne m'avait jamais pris la main comme ça. Personne ne m'avait jamais pris la main tout court. Bon, Maman bien sûr, mais c'était avant. Bien avant...

Théo m'a emmené jusque la porte de la maison qui abritait la soirée d'anniversaire. J'ai bêtement pensé que je n'avais pas de cadeau, puis je me suis souvenu que je ne connaissais personne et que personne ne savait que je venais. Théo m'a souri avant d'entrer. Aussitôt, une fille à l'allure punk nous a accueilli en louchant sur nos deux mains entrelacées.

« Non...

— Quoi, Sam ? a répondu Théo.

— Tu n'as pas fait ça...

— De quoi parles-tu ?

— Tu vas le rendre jaloux. Il m'a dit qu'il ne voulait pas venir mais que Bob avait insisté. Tu ne devrais pas jouer avec lui. Il est fragile. »

Fragile ? Fragile dans quel sens ? ai-je eu envie de demander. Mais c'était déplacé, surtout vu ce que je m'apprêtais à faire. Alors j'ai suivi Théo lorsqu'il a forcé le passage à ladite Sam.

Dans le salon, il y avait trois longs canapés autour d'une table basse surchargée de bouteilles d'alcool et de cendriers. Je me suis demandé si les parents étaient au courant et j'en suis venu à la conclusion que je ne vivais peut-être pas à la bonne époque. Tout le monde s'était tu. Je ne savais pas qui était Matthias mais, quand ils ont tous regardé la main de Théo (et donc la mienne), je suppose que c'est Matthias qui s'est levé et est parti faire un marathon dans les escaliers pour aller à l'étage. Théo l'a suivi.

J'ai compris pourquoi j'étais le « type » de Théo mais en même temps différent de son ex. Matthias me ressemblait beaucoup de visage, sauf qu'il était brun, les yeux verts et qu'il avait une légère bosse sur l'arrête du nez. Excepté ça, on aurait dit moi. Ou alors, en me regardant, on aurait dit lui.

Je suis donc resté debout en attendant que quelqu'un me propose de m'asseoir, de boire un coup, ou même de fumer un joint ou une cigarette. J'étais prêt à tout pour que cet épisode embarrassant soit effacé des mémoires. Finalement, une fille avec les cheveux violets m'est venue en aide. Elle m'a pris par l'épaule et m'a emmené à la cuisine.

« Tu es le nouveau copain de Théo ?

— Oui ?

— Tu n'as pas l'air sûr. »

Je n'ai rien dit de plus. La situation était suffisamment gênante comme ça, pas la peine d'en rajouter.

« Je suis Alice. » m'a-t-elle murmuré avec un grand sourire.

Elle m'a ensuite tendu un verre en carton rouge et m'a proposé toute sorte de boissons. J'ai préféré l'eau au rhum ou à la vodka, puis Alice m'a emmené de nouveau dans le salon. Elle m'a trouvé une place sur un des canapés et je suis resté immobile à partir du moment où je me suis assis. Les conversations avaient repris mais je fixais mon verre. Je détestais être là, dans ce groupe de personnes sans en faire partie. C'était tout bonnement horrible. J'étais là, mais si ça n'avait pas été le cas ça aurait été pareil. J'étais complètement invisible.

Je n'ai pas retenu tous les prénoms. Il y avait Sam, la punk qui avait ouvert la porte ; Bob, qui fumait cigarette sur joint et joint sur cigarette ; Alice, qui passait son temps à embrasser son copain : Hugo, qui se lançait dans de grandes tirades philosophiques dont certains se fichaient pas mal quand Alice ne l'embrassait pas. Les autres, je n'ai pas retenu car ils ne m'ont pas parlé.

Bob m'a proposé un joint. Vu les médicaments que je prends, je ne pensais pas que c'était conseillé alors j'ai décliné. Alice, entre deux baisers avec Hugo, m'a demandé :

« Qui es-tu ?

— Personne. Personne de précis.

— Bienvenue chez nous, Léo. Nous sommes tous personne. Ou quelqu'un. La nuance est mince. »

J'ai trouvé ça un peu stupide, mais il avait l'air déjà pas mal bourré. Ils ont tous levé leur verre pour moi. Je me suis senti horriblement gêné, mais ce n'était rien comparé au moment où Théo est descendu. Il a jeté un coup d'œil à Sam en lui faisant un signe de tête pour qu'elle monte voir Matthias, puis il s'est assis à côté de moi. Jusque minuit, il a bu de l'alcool et fumé. Surtout des cigarettes, mais au moins deux joints aussi. Cela empestait, je n'arrivais pas à respirer correctement alors j'ai voulu me lever.

« Tu vas où, Léo ? »

Il avait la voix très lointaine. Quelques larmes coulaient sur son visage et j'aurais dû le consoler, mais je me suis dit que d'autres personnes le feraient mieux que moi.

« Prendre l'air. Tu m'enfumes. »

J'ai donc été jusque la porte-fenêtre du jardin, que j'ai ouverte, et j'ai été m'installer sur un fauteuil du salon d'extérieur. Je n'entendais presque plus la musique de la maison, j'étais seul sous les étoiles à regarder ma montre qui affichait une heure du matin. Je me suis franchement demandé ce que je fichais là. Sans le savoir, j'ai fait du mal à une personne que je ne connais même pas. Enfin, je savais que ça n'allait pas lui faire du bien. Mais pas qu'il allait carrément venir me voir en pleurs.

Car c'est ce qu'il a fait. Ce n'était pas des larmes de tristesse, malgré tout. De bonnes larmes de colère quand il m'a demandé de me lever et quand il m'a foutu dans la mâchoire le coup de poing le plus violent que j'ai jamais reçu. Je me suis effondré par terre sous la douleur. Je n'ai pas l'habitude de me faire frapper.

Aussitôt, j'ai eu l'impression que je ne pourrais jamais me relever, ou même bouger, tellement les conséquences de son coup irradiait mon visage. La souffrance était telle que je suis resté immobile plusieurs minutes après son départ. Puis j'ai essayé de m'asseoir, mais j'avais la tête qui tournait, alors disons que j'étais juste à moitié allongé, le dos collé contre le fauteuil sur lequel j'avais jadis été assis. J'ai encore mal, d'ailleurs ; ce Matthias sait où et comment frapper. Je ne suis pas aussi doué que lui.

Ma montre m'indiquait deux heures moins le quart quand quelqu'un a daigné se demander où j'étais. J'ai entendu Théo m'appeler en sortant la tête par la porte-fenêtre mais j'étais incapable d'articuler le moindre mot et, dans la pénombre, on ne me voyait pas. Il allait repartir mais, à l'aide de mon pied, j'ai poussé la table basse du salon de jardin en espérant attirer son attention. Ça été le cas.

« Léo ? s'est exclamé Théo en me voyant par terre. Mais qu'est-ce que tu fous comme ça ? »

J'ai vraiment essayé de répondre, mais tout ce qui est sorti de ma bouche ont été des sons vocaliques indéterminés. Théo n'a pas plus compris que moi ce que j'avais voulu dire.

« Léo ? Ça ne va pas ? »

Il s'est agenouillé et a sorti son téléphone pour illuminer mon visage. Vu les yeux écarquillés qu'il a eu, j'en ai déduis que j'avais une sale tête. Je voyais un peu flou. J'avais envie de vomir.

« Mais qui t'a fait ça ? Un cambrioleur ? s'est-il exclamé.

— Matthias. » ai-je réussi à articuler très laborieusement.

Il s'est pris la tête dans les mains. Il n'imaginait certainement pas que je courrais autant de risques en venant à cette fête. Moi non plus, sinon je peux t'assurer que je n'y aurais jamais mis les pieds.

« On va t'emmener à l'hôpital. Je vais t'y emmener. Tu peux te lever ? »

Je me suis d'abord mis à quatre pattes puis Théo m'a aidé à me remettre sur pied. J'ai eu la pire envie de vomir de toute ma vie et Théo m'a presque porté à travers la maison. Alice et Sam sont directement venues me voir et ont chacune poussé un « oh ! » pas très rassurant. Bob a aidé Théo à me porter et je crois que Matthias était déjà parti car certains ont dit qu'il était vraiment trop jaloux. Tu m'étonnes.

« Mais Théo... tu ne peux pas conduire, est intervenue Alice, se rongeant les ongles.

— Personne ne le peut, ici. » a-t-il justement remarqué.

J'ai voulu dire que, moi, je n'avais ni bu ni fumé mais, de toute façon, je ne sais pas conduire. Et puis vu mon état, ce n'était pas à moi de m'emmener à l'hôpital.

« Donc tu vas l'emmener ? Et si tu tombes sur les flics ? Et si vous avez un accident ? a répliqué Sam avec un air autoritaire.

— Pourquoi ça arriverait ?

— Théo, j'appelle une ambulance, tu ne bouges pas d'ici. »

Sam a sorti son téléphone et a composé le 112. Elle a dit qu'ils arrivaient et, en attendant, on m'a allongé sur un des canapés. Théo s'était assis sur une chaise qu'il avait déplacée à côté de moi et, pendant que je souffrais, il me répétait qu'il était désolé.

« Si j'avais su, je ne t'aurais jamais emmené. C'est la première fois que Matthias frappe quelqu'un, je pense qu'il se sent mal maintenant... »

Ça me faisait une belle jambe, qu'il se sente mal. Quel intérêt alors que j'avais l'impression que j'allais perdre ma mâchoire ? J'ai toujours un peu cette impression, d'ailleurs. Bref, j'avais mal et l'ambulance a mis au moins trente minutes à se pointer devant cette maison. Pour rester avec moi, Théo a prétendu être mon demi-frère et il m'a tenu la main le long du trajet. Je voyais toujours un peu trouble mais je suis sûr que j'avais les idées plus claires que celles de Théo. Après des joints et de l'alcool, il devait être un peu ailleurs. Heureusement qu'il n'avait pas insisté pour conduire...

Je continuerai cette lettre ce soir. Maman est venue me voir.

Léo

cinquièmelettre

Toujours mardi

Cher futur Léo,

Alors, l'ambulance nous a emmené à l'hôpital. Je ne me rappelle plus très bien du trajet, il y avait juste Théo qui tenait ma main. C'était peut-être la seule chose qui me ralliait à la réalité. Je ne sentais pas la civière sur laquelle j'étais allongé, ni même les bosses que l'ambulance se prenait à toute vitesse (c'est Théo qui m'a raconté ça tout à l'heure). Il m'a aussi dit qu'on m'avait emmené voir un médecin des urgences et que je n'avais apparemment rien de très grave car tout fonctionnait chez moi, même si je n'arrivais pas trop à parler. Pour être sûrs, ils m'ont fait passé un examen (scanner ou IRM ou autre chose, je n'en sais rien) et ils en ont conclu que je devais rester en observation pour le reste de la nuit. Il était déjà quatre heures du matin, ou quelque chose comme ça, et ils ont voulu prévenir ma mère en plus de mon supposé frère.

Je dormais, donc Théo a pris mon téléphone et a appelé « Maman » loin des oreilles indiscrètes. Elle est arrivée en trente minutes, m'a réveillé contre l'avis de l'infirmière qui me surveillait, a constaté les dégâts sur ma mâchoire. Elle a aussi chaleureusement remercié Théo de m'avoir emmené ici. Puis celui-ci est parti car ce n'était pas sa place. Il m'a dit au revoir en pressant ma main, ça, je m'en souviens, puis je me suis rendormi.

On m'a réveillé toutes les heures ensuite, pour vérifier que je n'étais pas mort, et quand je me suis réveillé pour de bon, j'étais dans une autre ambulance pour retourner chez moi. C'était Maman qui tenait ma main, mais la réalité était bien là et je n'avais plus besoin d'elle pour m'y rappeler. Théo l'avait déjà fait pendant la nuit. Je ne dis pas que je ne voulais pas qu'elle me tienne la main, jusque que ça n'a pas eu le même effet que quand Théo l'a fait.

« Léo ? On est arrivé. »

Il a fallu que je me lève. Je suis sorti de l'ambulance avec beaucoup moins de peine que je l'avais imaginé. En fait, ça allait très bien comparé à cette nuit. J'avais (et j'ai toujours) juste un mal de chien à parler, en plus de l'énorme bleu que j'ai sur le côté gauche de ma mâchoire.

On m'a presque porté jusque mon lit, à l'étage, alors que je me sentais parfaitement capable d'y aller tout seul. Mais bon, j'ai laissé faire et je me suis endormi aussi sec après que ma mère m'ait donné mes médicaments.

Je me suis réveillé pour la dernière fois de la journée à quinze heures. Théo était là. Il écrivait dans un calepin tout en écoutant de la musique. Sa guitare était dans son étui, par terre, au pied de mon lit.

« Bonjour. » ai-je dit en me redressant, sans éprouver trop de mal en raison des antidouleurs.

Il a retiré ses écouteurs, les a rangé dans son sac avec son carnet de notes et m'a fait un grand sourire.

« Tu es enfin réveillé.

— Tu attends depuis longtemps ?

— Une heure, une heure et demie.

— Il ne fallait pas venir. Ce n'était pas la peine.

— Ta mère était adorable, elle a absolument tenu à me remercier de t'avoir sauvé la vie. Et puis... c'est de ma faute si tu en es là. Je devais voir comment tu allais.

— Tu ne travailles jamais ?

— Je suis à la fac, pas beaucoup de cours et ce n'est pas très stricte. »

On s'est regardés pendant un moment. J'ai voulu toucher ma mâchoire mais j'ai retiré ma main dès qu'elle a touché la peau endolorie. Je me suis levé pour regarder dans le miroir du palier et je suis retourné dans mon lit. Ma chambre ne ressemble pas à grand chose : il y a un lit, un bureau vide et une chaise, une armoire. Le strict minimum, étant donné que je passe mon temps soit au lycée, soit à la pelouse de la gare, soit dans l'atelier. Je n'ai pas besoin d'autre chose.

« Que faisais-tu ? l'ai-je interrogé.

— Je composais. J'ai une nouvelle chanson en tête.

— De quoi ça parle ?

— D'un garçon qui pensait bien faire, qui voulait aider, mais qui a récolté ce que quelqu'un d'autre a semé.

— Tu parles de moi ? »

Il a eu un sourire malicieux.

« Peut-être bien. »

Je lui ai souri et j'ai fermé les yeux. Pas pour dormir, plutôt pour savourer le moment. J'avais l'impression d'avoir un ami. Un ami. Ce n'est pas rien, un ami. C'est quelqu'un sur lequel vous pouvez compter. Avec lequel vous pouvez sortir. Avec lequel vous pouvez rire. Ce n'est pas rien, un ami. Pas pour moi, en tout cas.

« Si tu te rendors, je m'en vais. » a-t-il plaisanté.

J'ai rouvert les yeux aussitôt. Je n'avais pas envie qu'il parte alors que quelqu'un se souciait de moi.

« Qu'est-ce que tu fais habituellement ?

— Tu veux dire : quand je n'ai pas la tête explosé par ton ex ?

— Entre autre.

— Je dessine. Je peins. Je vais à la pelouse de la gare. Ce genre de trucs.

— La pelouse de la gare ? Tu veux dire l'espace vert, l'espèce de parc ?

— C'est comme ça que je l'ai toujours appelé. »

C'est comme ça depuis que je suis tout petit. Depuis... avant.

Théo est resté silencieux quelques secondes puis a demandé :

« Tu dessines ? Mais il n'y a rien dans ta chambre.

— Il y a un atelier. Ma mère est costumière, elle m'a aménagé un espace dans le sien. Maintenant c'est le nôtre.

— Je peux le voir ? »

Puisqu'il y tenait, je l'ai conduit jusque l'ancienne chambre. Théo a regardé de loin le bureau de ma mère mais, le mien, il l'a inspecté avec soin. Il m'a demandé pour déplacer mes affaires, afin de mieux observer, et a complimenté mon coup de crayon. Ça m'a fait plaisir car le dessin est une des seules choses que j'apprécie vraiment faire. Je ne joue pas aux jeux vidéos, je n'étudie pas. Je ne fais que dessiner.

« Eh, on dirait un tableau connu celui-là ! »

C'était une reproduction très personnelle du Cri de Munch. Je n'aimais pas qu'on la touche, ni qu'on la voit, alors je la lui ai prise des mains et je l'ai cachée dans un carton à dessin vide.

« Je suis désolé, je ne savais pas que tu...

— C'est rien. Je n'aurais pas dû laisser traîner ça. Oublie. »

Vu la tête qu'il faisait, il avait dû trop en voir. Je suis certain qu'il a reconnu le lit pour enfant qu'il y a dans la pièce, ainsi que ma mère qui crie comme le célèbre personnage, la paume d'une main sur chaque côté du visage. C'était un moyen d'oublier avant. Le psy m'avait conseillé ça. Depuis, je tiens beaucoup à ce dessin. Il n'est pas particulièrement réussi (je n'avais que douze ans quand je l'ai fait, et je ne dessinais pas miraculeusement bien à cet âge-là) mais ça m'a aidé à surmonter avant.

Il y a eu un silence gênant puis je suis sorti. Je ressentais la présence du lit et ça me dérangeait trop pour pouvoir le négliger. Je suis resté devant la porte le temps que Théo sorte puis nous sommes restés face à face quelques secondes. Ses yeux me fixaient, il semblait activement réfléchir.

« À quoi penses-tu ? ai-je demandé.

— Si tu aimais les garçons, tu serais totalement mon type. »

J'ai écarquillé les yeux. C'était trop direct, trop tout, je ne pouvais pas accepter une telle remarque. Il ne ressent ce qu'il ressent uniquement car je ressemble à son ex.

« Ne dis pas de bêtises.

— Je suis sérieux. »

Pour couper court à cette conversation, je suis retourné dans ma chambre et je me suis assis sur mon lit. Théo m'a suivi quelques secondes après. Il s'est mis à côté de moi et m'a regardé dans les yeux.

« Tu viendrais me voir à un concert ?

— Je ne suis pas certain que ce soit conseillé pour le moment.

— Quand tu iras mieux ? Il y a quelque chose que j'aimerais te montrer.

— Quoi donc ? »

Il ne m'a pas répondu et a affiché un sourire. J'essayais toujours de comprendre ce qu'il m'avait dit à propos de son « type » : il venait tout juste de se séparer de Matthias, je n'avais pas envie qu'il se console avec moi. J'ai conscience d'avoir de la chance que quelqu'un s'intéresse à moi, que ce soit Théo ou n'importe qui d'autre, mais j'ai suffisamment de dignité pour ne pas me laisser être un lot de consolation. Et puis, je ne l'aime pas. Pas dans ce sens-là.

Théo a fini par partir car il devait rendre un devoir important pour le lendemain, et il ne l'avait toujours pas commencé. Je suis donc resté seul un moment dans ma chambre et j'ai commencé à me demander si je pouvais aller dans l'atelier, mais ce n'était plus très sûr à cause du souvenir du Cri de Munch. Je n'allais pas être capable de supporter le lit d'enfant.

Maman m'a apporté mon dîner liquide, car j'avais encore trop mal pour pouvoir mâcher. Je me forçais déjà à parler quand j'avais mal, or je ne pouvais pas accomplir l'exploit d'écraser un aliment avec mes dents, reliées donc à ma mâchoire.

« Où as-tu rencontré ce Théo ? À la fête ?

— Pas exactement. »

Je sentais l'entretien arriver. Je ne lui présentais pas d'amis car je n'en avais pas d'autre que moi-même (on ne peut compter que sur soi-même, n'est-ce pas ?) alors je savais pertinemment qu'elle allait me poser des questions sur ce potentiel nouvel ami.

« Je l'aime bien. Il est très poli, et c'est lui qui t'a sauvé de ce petit imbécile qui t'a fait ça.

— Ce n'est pas un imbécile.

— J'imagine que tu ne m'en diras pas plus ? a-t-elle soupiré. »

Ma mère lit dans les pensées, avant même que je ne les pense. Elle a un don de prédiction, le troisième œil, comme on dit. Et elle est partie pour prendre son assiette et elle a mangé dans mon lit avec moi pour que je ne me sente pas trop seul. Ma mère est adorable.

Puis voilà. Je ne sais pas comment je vais expliquer ma tête au lycée, si jamais on me le demande. J'espère qu'ils ne vont pas imaginer que ma mère me frappe. Avec tout ce qui s'est passé avant, on ne sait jamais. L'assistante sociale est au courant.

Léo

sixièmelettre

Vendredi

Cher futur Léo,

L'assistante sociale m'a bien convoqué. Ça a été un moment horrible. Elle n'arrêtait pas de me parler de mes parents, elle n'arrêtait pas de prononcer son prénom. On aurait dit qu'elle n'en avait rien à faire de me faire souffrir ou non, du moment qu'elle obtenait ses réponses. Et pas les miennes, mais celles qu'elle souhaitait entendre.

« Léo, tes professeurs sont inquiets de voir ce bleu énorme sur ton visage. Ils se questionnent et j'avoue que moi aussi. Est-ce que tu as rencontré ton père récemment ? Est-ce que ta mère va bien ?

— Je vais très bien et ma mère aussi, Madame. »

Au début, j'ai essayé d'être poli, j'ai vraiment essayé. Même si le simple fait de prononcer le qualificatif de mon deuxième parent en ma présence me rendait triste. Ou en colère.

« Alors qu'est-ce que vient faire cet hématome sur ta mâchoire ?

— Je ne pense pas que cela vous regarde.

— Après ce qui est arrivé à Lucie, il est normal que je me pose des questions. »

Je haïssais qu'elle prononce son prénom plus encore que le fait que l'assistante sociale du collège ait transmis mon dossier au lycée. Elle n'avait pas le droit de faire ça sans mon consentement et elle n'avait aucun droit de mentionner avant. Absolument aucun. C'est une partie de mon passé, pas du sien. Ça ne la regarde pas. Ça ne la regardera jamais.

« Léo, je ne t'ai convoqué que pour ton bien. Est-ce que ton père t'a fait ça ? Est-ce qu'il est venu vous voir ? » a-t-elle poursuivi, essayant de m'arracher le moindre mot.

Ça m'a agacé. Profondément. Ma vie = mes problèmes. Que ça ait été un géniteur ou l'ex de Théo, quelle importance ? Je n'étais pas obligé de communiquer ce genre d'information à cette pauvre femme qui n'avait rien d'autre à faire de sa journée, comme de s'occuper des vrais élèves battus par leurs parents ou rackettés à la sortie du lycée. À croire que le seul jour de la semaine où elle est là, elle n'a pas de boulot.

« Je vais être dans l'obligation d'appeler les services de protection de l'enfance. Ta famille va subir une enquête si tu ne me dis pas si ton père t'a fait ça ou non et...

— Mais laissez-moi ! Arrêtez de dire que c'est mon père ! Il ne l'a jamais été, il ne le sera jamais. Ce n'est rien d'autre qu'un type qui a donné une infime partie de lui pour que je sois là. Si ça n'avait pas été lui, ça aurait été quelqu'un d'autre. Je m'en fous de ce que vous pensez, ce n'est pas lui qui a fait ça et vous me faites chier. Cordialement. Je vous prie de me laisser tranquille et de ne pas mettre vos menaces à exécution car vous risqueriez de passer pour plus imbécile que vous ne l'êtes déjà. »

Elle a écarquillé les yeux et a semblé hésiter à prendre un papier et noter ce que je venais de dire pour me donner un rapport. Je ne sais pas ce qu'elle a fait finalement, je suis parti en claquant la porte. Je n'ai encore rien dit à Maman, je ne sais pas si je vais le faire. Probablement pas. Ça risquerait de la rendre mal, et je ne veux pas que ce soit le cas.

Ensuite, j'ai été en cours de français et en anglais, et en histoire, et en espagnol, et en allemand, et enfin la journée a été finie. À la fin de certains cours, le prof m'a demandé si ça allait. J'ai dit que j'étais fatigué car je n'avais pas envie de répondre à leur interrogatoire. Je pensais juste à ma mère, à elle, à mon « géniteur »... À avant, en somme. Je me sentais triste, je me sentais mal, alors j'ai pris le bus jusque la pelouse de la gare. J'avais besoin d'un endroit où j'avais mes repères. La vieille dame qui tricotait, les joueurs d'échecs, les petits garçons qui jouaient au foot...

Je me sentais vraiment très mal, alors au lieu de m'assoir à côté du banc, de son banc, je me suis allongé dès qu'il y a eu de l'herbe. J'avais des musiques de M83 dans les oreilles sans avoir mis de musique, à moins que je n'ai eu mes écouteurs, je ne sais plus.

Dans ma tête, il y avait tout qui défilait... Mon père... Ma mère... Le lit pour enfant... Lucie... Théo... Le cri de Munch... L'atelier... Matthias... L'hôpital... Tout tournait en boucle dans mon esprit, sans que je ne puisse l'arrêter. Il a commencé à pleuvoir et je suis resté sur le sol, immobile. Je n'ai même pas regardé si les gens étaient parti, je savais qu'ils n'étaient plus là. J'ai senti mon téléphone vibrer mais je n'avais pas la force de regarder qui c'était. Ça vibrait et ça vibrait. Je ne pouvais pas regarder. À la place, j'observais le ciel et la pluie et j'étais comme... déconnecté du monde réel. Que faisais-je là ? Pourquoi étais-je venu ? Je n'en avais aucune idée. Je ne sais même pas comment je me sentais. C'était comme si j'étais absent, hors de mon corps.

Il devait être très tard, car Théo est venu me chercher. Ma mère avait dû le prévenir. J'étais trempé, je tremblais. Je pleurais, aussi. Théo m'a dit que je n'arrivais pas à marcher et je me sentais emprisonné dans du coton donc je suppose que c'était compréhensible. Il m'a presque porté jusque sa voiture et il n'a pas démarré. Il a regardé la pluie tomber sur le pare-brise puis a tourné la tête vers moi. Je ne pleurais plus. Je fixais quelque chose que je ne voyais même pas. Théo m'a dit que je faisais un peu peur, après coup.

« Léo ? Ta mère m'a demandé d'aller te chercher, comme tu ne répondais pas sur ton téléphone. Elle est bloquée dans les transports, je vais t'emmener chez moi en attendant. Ça te dérange ? »

J'ai secoué la tête. Il pouvait faire de moi ce qu'il voulait, je n'étais pas vraiment là.

Sa voiture a roulé un moment. J'ai à peine ressenti la route, nous étions déjà arrivés quand j'ai arrêté de pleurer (car j'avais recommencé pendant le trajet). Théo est venu m'ouvrir la portière, je ne me sentais pas prêt à faire quoi que ce soit, puis il m'a soutenu jusque sa porte d'entrée. Quand il a sorti ses clefs, j'ai dû tenir debout tout seul et... c'était comme si j'étais déjà plus là.

« Alors mes parents sont à l'opéra, ils n'arriveront pas tout de suite donc tu peux rester tant que mon père n'est pas là. Si jamais il arrive, il faudra que tu te caches dans mon placard, ok ? »

Je n'ai même pas capté que son père était hyper strict. J'avais la tête ailleurs, très loin d'ici même. J'entendais ces cris qui me réveillaient toutes les nuits, j'entendais les pleurs de cette terrible journée, j'entendais tout et pourtant la maison était silencieuse.

Théo m'a emmené dans sa chambre, m'a donné des vêtements secs qui lui appartenaient, m'a laissé me changer en me tournant le dos. Ensuite, il a pris mes habits trempés pour les mettre dans le sèche-linge et m'a allongé sur son lit. J'ai fixé le plafond pendant qu'il rangeait sa guitare et son bureau, histoire de me montrer qu'il n'était pas trop désorganisé – sauf que je n'avais pas la tête à ça. J'étais bien loin de ces préoccupations. Mais Théo a tenu à me ramener à la réalité, alors il a pris la chaise de son bureau et l'a déplacée à côté de moi pour pouvoir s'assoir non loin du lit. Il a pris ma main. La sienne était chaude, la mienne glacée à force d'avoir passé des heures sous la pluie.

Ça n'a pas suffit pour me ramener à la réalité. Je faisais une crise. J'avais besoin de mes médicaments, mais, ça, Théo ne le savait pas. Et je ne veux pas qu'il le sache, d'ailleurs. Jamais. Alors j'ai essayé de me calmer tout seul : j'ai fermé les yeux, j'ai inspiré doucement, expiré de la même façon, et ceci pendant plusieurs minutes. C'était presque passé, mais j'avais quand même besoin de mes médicaments. J'avais hâte que ma mère arrive, que Théo ne soit plus là pour que je puisse prendre mes satanés cachets. Mais Théo n'avait pas précisé où en était ma mère, et ma mère était bloquée dans les transports. Et je faisais une crise et Théo n'était pas au courant et ça allait mal finir si je ne prenais pas mes médicaments. Mais il ne le savait pas. Et je devais attendre.

« Tu veux que je mette de la musique ? »

J'ai acquiescé. C'était sans doute une meilleure idée que le silence.

Comme s'il avait lu dans mes pensées, il a mis le CD de M83. Ça m'a donné envie de... plus. Ça m'a aussi calmé ; du moins un peu.

« Tu veux faire un truc demain ? On n'a qu'à aller sur Paris, ça pourrait être sympa.

— Et Matthias ?

— Je crois qu'il faut que je me fasse une raison. Après t'avoir frappé, je suis allé le voir. Il m'a dit que j'étais le pire des connards. J'imagine que... c'est fini. »

Il disait ça avec... comme un nœud dans la gorge. Je ne pouvais pas fixer quelque chose d'autre que le plafond, alors au lieu de le regarder pour voir s'il pleurait ou autre, j'ai serré sa main. Dans mon état, je ne pouvais pas faire plus. Enfin si : je me suis décalé pour lui laisser de la place. Théo s'est allongé à côté de moi, sans lâcher ma main, et nous sommes restés ainsi pendant un moment, à regarder le plafond et à écouter M83.

Maman a appelé : elle a dit qu'elle arrivait dans quelques minutes, donc Théo m'a rendu mes affaires, que j'ai mises dans mon sac, et j'ai gardé celles qu'il m'avait prêtées. Ses parents n'étaient pas encore là, donc je n'avais pas à m'inquiéter de son père. Maman est venue me récupérer à la porte, m'a pris dans ses bras et m'a dit qu'elle avait eu peur, que je ne devais plus lui faire ça. Je n'avais pas vraiment fait exprès ; je ne pouvais juste pas faire autrement.

Au moment de partir, Théo m'a fait la bise. C'était surprenant.

En rentrant à la maison, ma mère m'a servi un verre d'eau et j'ai pris mes anxiolytiques. Il a fallu attendre quelques dizaines de minutes avant que je ne sois calmé, puis je suis allé travailler dans l'atelier pendant que ma mère regardait la rediffusion des informations. Il devait être minuit. Je regardais le lit entre deux coups de crayon.

Je sais pas ce qui cloche chez moi. Ça fait longtemps qu'elle aurait dû sortir de mes pensées, mais elle est toujours là. J'ai l'impression qu'elle ne partira jamais.

Léo

septièmelettre

Samedi, enfin dimanche

Cher futur Léo,

Chose promise, chose due : Théo a voulu m'emmener à Paris. Enfin, il a dit à ma mère de me forcer à y aller, nuance. Je le précise car je n'aime pas trop aller sur Paris, si jamais je le croise. Mais Maman m'a dit qu'il n'habitait plus là-bas, alors j'ai pu souffler un peu. J'imagine que j'ai très peu de chance de croiser quelqu'un que je connais à Paris. Enfin, de toute façon, vu la suite des événements...

Alors j'ai été prendre le bus de midi après avoir dessiné... Et le problème dans ma phrase, c'est que j'ai dessiné Théo. Oui, tu as bien lu, futur moi.

Théo.

J'ai esquissé son grand sourire et ses boucles qui tombent sur son front et sur ses oreilles. J'ai dessiné son petit nez, ses fossettes sur ses joues, son grain de beauté dans le cou. C'était apaisant de le voir avec moi, même s'il n'était pas là. J'ai fait les ombres de son visage comme je pouvais, avec un vieux crayon à papier Ikéa qui traînait là, puis j'ai fait ses yeux. Ses beaux yeux. Il était séduisant, il ne faut pas se le cacher, et qu'il s'intéresse à moi est très flatteur. Mais je ne l'aime pas dans ce sens-là. Et il est vulnérable, je ne peux pas profiter de lui comme ça alors qu'il a besoin d'être consolé de la façon la plus platonique possible.

Je suis juste touché qu'il s'intéresse à moi. Ça n'arrive pas très souvent, à vrai dire, qu'on s'intéresse à moi.

Je dessinais, donc, quand Théo est venu me chercher en voiture. Maman l'a invité à boire un café, qu'il a accepté, et je les ai regardé boire leur boisson chaude tandis que je me contentais d'un jus de fruit. Maman a beaucoup discuté avec lui, il était très ouvert.

« Donc tu es leader d'un groupe de rock ?

— Je chante et je joue de la guitare, a-t-il rectifié.

— C'est très bien, que tu puisses t'épanouir dans un domaine artistique que tu aimes ! s'est exclamé Maman en buvant une gorgée de son café plein de sucre, tandis que celui de Théo en était dépourvu.

— Mon père n'est pas vraiment du même avis... Mais c'est génial que vous souteniez Léo dans ses activités de dessin, j'adorerais que mon père fasse ça.

— Je suis sûre qu'il ne cherche pas à te faire du mal. »

Je n'appréciais pas trop cette discussion. J'aurais aimé que Théo l'ait avec moi, pas avec Maman ; mais je ne suis pas assez à l'aise avec lui pour lui poser tout un tas de questions, pour m'immiscer dans sa vie personnelle. Qu'est-ce que je suis dans sa vie ? Le pauvre type avec qui il veut se consoler ? Je ne suis que moi. Et ce n'est pas suffisant.

J'ai proposé à Théo qu'il récupère ses affaires quand elles seraient propres et sèches mais il a dit qu'on avait le temps, puis je l'ai remercié pour le jour précédent en baissant les yeux vers mes chaussures et je l'ai écouté me dire qu'il comprenait. Je me suis demandé et je me demande encore ce qu'il peut bien comprendre. Comme s'il savait ce que c'était d'être moi. De ressentir ce que je ressens en permanence, ce que j'étouffe au fond de moi pour ne pas exploser. Même si je vais finir par imploser.

Pendant que Théo rejoignait sa voiture, ma mère m'a discrètement donné un anxiolytique au cas où je me sentirais mal à Paris (ce qui était fortement probable). J'ai rangé le morceau d'aluminium dans ma poche, j'ai pris mon sac de cours (qui ne contenait que ma carte de transport, ma carte d'identité et mon porte-monnaie). Je ne suis pas du genre à embarquer cinquante mille choses avec moi quand je sors.

J'ai été m'assoir à la place du mort, Théo a démarré sitôt ma ceinture attachée. Il y avait une chanson inconnue à la radio et il faisait beau. C'était une belle journée ensoleillée mais ma crise d'hier était toujours un peu présente. Je ne pouvais pas oublier que j'avais passé des heures complètement déconnecté du monde, sous la pluie, à entendre des voix. Je ne suis pas fou. Je le sais. Ce sont juste les cris de Maman qui se répètent dans ma tête, ces cris quand elle a entendu… vu… ce que mon père a fait, il y a des années…

On dit que la douleur passe avec le temps. Que les plaies se referment.

Mais ça fait déjà quatre ans. Ça en fera cinq samedi prochain, le jour précédent mon anniversaire. C'est pas tous les jours qu'on a dix-huit ans. C'est pas tous les jours que ça fait cinq ans que ma famille a volé en éclat. C'est pas tous les jours la même chose. Enfin, pour ce qui est du cas de la tristesse, je crois que c'est l'exception qui confirme la règle. Dis-moi, futur moi, est-ce que la douleur finit par s'exhaler ?

« Tu vas porter plainte ? »

Un instant, je me suis franchement demandé de quoi il me parlait. Puis je me suis souvenu que j'avais un magnifique hématome sur la mâchoire.

« Non. »

C'était tout vu. C'est de ma faute si Matthias m'a frappé, je n'ai pas à lui en vouloir (enfin, quand même un peu ; ça fait super mal ce genre de coup).

« Ok. Je suis désolé.

— Ce n'est pas vraiment de ta faute…

— Si, justement. Si je ne t'avais pas demandé ça, tu n'aurais jamais été à l'hôpital.

— Avec des « si », on referait le monde, Théo. »

C'était étrange, d'être la personne rationnelle. D'habitude, c'est le rôle de ma mère, du psy. Enfin, de tout le monde sauf moi. J'ai tendance à m'apitoyer sur mon sort. Je ne sais pas (m') estimer. Il y a des théories différentes à ce sujet, mais bon, je préfère ne rien expliquer pour le moment. Je ne suis pas prêt à faire ça. Je ne suis pas prêt à parler d'elle.

« J'ai une question à te poser.

— Vas-y.

— Ne la prends pas mal.

— Vas-y, ai-je répété en constatant que nous étions arrivés à la gare.

— C'est quoi, ces marques dans ton dos ? »

J'ai arrêté de respirer.

Pas ça.

Pas ça.

Tout, sauf ça.

Quand ma respiration est repartie, ça m'a fait mal tellement ma gorge était serrée. Je me suis mordu la lippe, j'ai cligné des yeux pour éloigner les larmes, j'ai senti que je tremblais… J'ai tout fait pour me contrôler, vraiment, mais savoir que Théo les avait vues, avait vu mes cicatrices… ça me rendait malade. Seule ma mère avait eu le droit d'y jeter un œil, si l'on exceptait les infirmières qui s'étaient occupées de moi.

Théo a semblé se rendre compte que sa question me mettait dans un état pas possible, alors il a immédiatement ajouté :

« Je suis désolé, je ne voulais pas te mettre mal à l'aise ! »

Je suis sorti de la voiture. Je respirais mal, j'avais besoin d'air. On était juste à côté de la pelouse de la gare, mais pourtant si loin... Il fallait passer au-dessus du chemin de fer pour y arriver et je n'étais pas sûr de pouvoir me calmer sans y être.

Théo est venu me rejoindre à l'extérieur. Le vent soufflait sur ses cheveux bouclés et il serrait son écharpe contre son cou d'une main.

Il s'est approché près de moi. Nous n'étions qu'à quelques centimètres.

« Écoute, Léo, je suis désolé. Je savais que tu ne serais pas hyper à l'aise, mais je me demandais vraiment comment tu les a eues. C'est hier que... enfin, voilà. Je voulais savoir si tu avais fini de t'habiller ou si tu avais besoin d'aide, j'ai jeté un bref coup d'œil. Je n'ai vu que ça, a-t-il ajouté. Juste tes... cicatrices. »

Rien que ce mot est barbare. Cicatrices. Quelle horreur. Je déteste ce mot.

Sans prévenir, Théo m'a pris dans ses bras. J'ai hésité à serrer son corps contre moi, je ne savais pas quoi faire de mes deux bras. Je n'avais pas pris quelqu'un dans mes bras depuis... depuis l'enterrement.

J'ai senti son parfum. Une odeur agréable, celle que ses vêtements avaient laissé sur moi ce matin en fait. Ça sentait bon, ça faisait du bien que quelqu'un me prenne contre lui.

J'ai soudain réalisé que Théo commençait à prendre trop de place. J'avais peur qu'il soit gentil avec moi car il avait pitié, et qu'il finisse par m'abandonner.

Lentement, j'ai refermé mes bras sur lui. J'ai posé ma tête contre la sienne, doucement, comme si c'était la chose à faire. J'étais bien. En réalité, je n'avais pas été aussi bien depuis... très longtemps. Ça fait ça, d'avoir un ami, futur moi ?

Mais toutes les bonnes choses ont une fin. Je me suis pris une canette vide sur la tête en poussant une exclamation de surprise et j'ai entendu la voix de Dimitri m'insulter. Ça faisait longtemps que je ne l'avais pas vu en dehors du lycée (il ne venait jamais de l'autre côté de la gare ; peut-être qu'il n'avait pas encore compris que j'y étais la plupart du temps). Même au lycée, il avait fini par se désintéresser de moi quelques mois auparavant.

« Alors, sale pédale, tu as finalement trouvé un pote ? »

Je me suis dit : « pas devant Théo » mais c'était trop tard. C'était fait. Dimitri venait de montrer à quel point j'étais une victime. Et Théo ne voudrait jamais plus traîner avec la victime que je suis. Je l'ai toujours été, j'ai toujours été, d'une façon ou d'une autre, inférieur.

Aussitôt, Théo a réagi ; il s'est détaché de moi et, les sourcils froncés, a relevé la tête pour parler à mon cher camarade et tortionnaire. Celui-ci était accompagné de trois autres mecs assez Léo-phobes.

« Excuse-moi ?

— Qu'est-ce que tu fous, tapette ? Tu cherches quelqu'un pour te la mettre ? »

J'ai senti Théo se crisper. Il n'appréciait pas du tout les allusions de Dimitri mais, à moins que Théo m'ait caché une ceinture noire de karaté, comment comptait-il se battre avec quatre personnes contre lui ? On n'était pas dans un film américain à gros budget...

J'avais appris à ignorer Dimitri et, au bout d'un an, il avait fini par m'oublier. Mais là, à l'évidence, il était trop tentant de m'insulter en me surprenant dans les bras d'un homme.

« Écoute-moi bien, abruti, encore un mot et je t'assure que tu te souviendras de moi. »

Mais imaginez-vous Dimitri croire un seul instant qu'il n'a pas ses chances, à quatre contre deux (si l'on me compte comme une personne à part entière) ? Risible.

« Tu crois qu'j'ai peur de ta gueule de PD ? »

Théo s'est avancé avec un calme mesuré. Il faisait une tête de plus que Dimitri (il avait d'ailleurs sûrement un complexe d'infériorité ; enfin, moi, ce que j'en dis...) alors, forcément, les trois autres de sa bande se sont rapprochés. Et Théo s'est retrouvé encerclé par les trois idiots de mon lycée... J'ai eu peur. Je m'étais déjà pris un coup, je ne serais pas capable d'assumer le moindre combat. Quant à Théo... je savais qu'il jouait de la guitare, mais il n'allait pas les fouetter avec les cordes de son instrument qu'il n'avait même pas avec lui.

J'ai prié pour que des policiers soient dans le coin, mais, franchement, trouver quelqu'un près de la gare un samedi après-midi ? Il ne faut pas rêver.

La tension était palpable. Puis tout s'est passé très vite. Dimitri a frappé Théo à l'épaule, alors il a rendu le coup à son agresseur mais au niveau du visage, un coup si fort qu'il a été propulsé au sol. Les trois autres ont réagi dans la seconde : deux l'ont tenu par les bras, tandis que le dernier restant (le plus costaud) a commencé à donner des coups de poings dans le ventre de Théo.

J'étais paralysé par la peur, mais, en même temps, la colère montait en moi. Voir Théo en train de se faire purement et simplement tabasser n'était pas mon péché mignon, et j'avais très envie de le protéger tout comme lui venait de le faire. J'ai commencé à crisper les poings et, ensuite, je ne me souviens plus très bien de ce qui s'est passé. La seule chose sûre, c'est que j'ai fini par terre. Avec Théo. Mais Théo allait plus ou moins bien : il avait réussi à faire fuir les abrutis du lycée.

À nouveau, je voyais flou. J'avais tellement mal partout, la douleur irradiait mon corps. J'avais l'impression d'avoir été passé à tabac. C'est peut-être de là que vient le verbe « tabasser » ? J'irai vérifier tout à l'heure. Bref, je me sentais tellement mal... Mais Théo avait l'air bien.

« Léo, oh la la, oh mon dieu, si tu voyais ta tête.

— Tu vas bien ? ai-je murmuré. »

À force de cligner des yeux, je finissais par y voir clair. Le visage de Théo me surplombait et m'apaisait. Même si j'avais l'impression d'avoir un bras cassé et une jambe en mauvais état.

« Il faut que j'appelle une ambulance. Oh mon dieu, je suis désolé Léo.

— Tu t'excuses beaucoup en ce moment, tu ne trouves pas ? »

Il a esquissé un sourire triste, puis a appelé le 112. Il faudra que je pense à mettre ce numéro en favori dorénavant, je risque d'en avoir besoin souvent.

Une ambulance est venue nous chercher. Arrivés à l'hôpital, nous avons été séparés car chacun de nous devait être examiné. Je souffrais, alors on a fini par me donner de la morphine. Au bout d'une heure, ma mère est arrivée. J'étais toujours aux urgences, dans un coin séparé par des rideaux, et je ne savais pas où en était Théo. Allait-il bien ?

Ma mère avait les mêmes préoccupations, mais pas centrées sur la même personne.

« Léo, j'ai l'impression qu'il ne t'arrive que des malheurs en ce moment. Qu'est-ce qui s'est passé ? Le médecin m'a dit qu'on t'avait agressé... » a-t-elle dit en sanglotant.

Je ne savais pas comment lui dire. Lui révéler que j'avais été harcelé à coup de canettes pendant près d'un an ? Comment on peut dire ça à sa mère ? Pitié, futur moi, dis-moi que je ne l'ai pas trop blessée. Que je ne l'ai pas déçue plus que je ne le fais déjà...

J'aurais pu lui dire que ça n'avait été qu'une fois, c'est vrai. Mais c'était le moment où jamais de lui avouer la vérité. De lui expliquer pourquoi je faisais semblant d'être malade pour ne pas aller en cours.

Alors je lui ai dit.

« C'était Dimitri.

— Le fils d'Irène ? »

Je n'osais pas confirmer. Ça rendrait les choses trop réelles. Et ma mère voudrait porter plainte. Chose que je ne voulais pas, au risque que les représailles me pleuvent dessus.

« Léo. Réponds-moi. »

Elle avait une voix autoritaire que je ne lui connaissais pas. Tout à coup, j'avais peur de sa réaction. Mais pas un peu, plutôt beaucoup. J'avais très peur qu'elle se mette à pleurer de plus belle. Qu'elle ait encore plus pitié de moi. Que ma propre mère ait pitié de moi. C'était un sentiment horrible.

Voyant que je ne répliquais pas, elle a insisté.

« Léo, s'il te plaît. »

C'est à ce moment précis que je me suis senti comme une sous-merde. Maman devait me supplier pour que je lui avoue. Je n'étais même pas capable de lui dire de moi-même. Est-ce que tu as oublié ce sentiment, Léo ? Est-ce que, après toutes ces années, tu as fini par oublier que tu décevais tout le monde ? Ou, mieux, est-ce que tu as arrêté de décevoir tout le monde ? Je ne crois pas. Tu passes ta vie à décevoir tout le monde, Léo.

Je passe ma vie à décevoir tout le monde.

« Léo... »

La voix de Maman m'a ramené à la réalité. Et j'ai pleuré.

J'ai pleuré car j'en avais marre. Marre du lycée, marre de Dimitri, marre du lit pour enfant dans l'atelier, marre de la troisième chambre, marre de l'atelier, marre de ma maison, marre de mon géniteur, marre de prendre des médicaments, marre du psychiatre.

Marre de Théo.

Et, surtout, marre d'être la sous-merde que je suis.

Marre d'être moi.

Marre d'être Léo.

Je donnerais tout pour être quelqu'un d'autre que moi. J'adorerais être un type banal et ordinaire, quelqu'un de normal pour l'amour du ciel.

Je terminerai demain. Je recommence à entendre les cris de Maman.

Léo

huitièmelettre

Dimanche

Cher futur Léo,

Alors, donc, je disais que j'étais à l'hôpital. Je ne me souviens pas exactement où je m'en étais arrêté, et, étant donné que je vais mieux, je n'ai pas envie de regarder la lettre. De toute façon, j'ai fermé l'enveloppe. Un peu comme pour condamner la sortie des cris de Maman.

Poursuivons.

Quand Maman est arrivée, je lui ai parlé de Dimitri. De sa Léo-phobie aussi. De sa Léo-haine. Elle m'a dit qu'Irène (la mère de Dimitri) en avait assez de lui et qu'elle envisageait de l'envoyer à l'école militaire et que, si en plus il était homophobe, ça n'arrangeait pas son cas (apparemment, il a une sœur lesbienne). Bref, passons.

Je pleurais sur l'épaule de Maman, vois-tu, futur moi, et je me disais que c'est la mère la plus géniale du monde. Je suis tellement content de l'avoir. C'est la seule personne à qui je tienne dans ce monde.

On m'avait posé une attelle au bras et à la jambe, aussi il a fallu faire deux plâtres. Maman a dû louer un fauteuil roulant pour me sortir de l'hôpital. Je n'avais toujours pas vu Théo et, même si je m'inquiétais pour lui, je dois admettre que je ne voulais pas le voir.

Depuis que je l'avais rencontré, il ne m'arrivait que des malheurs. Je n'ai décidément pas besoin qu'il m'en rajoute sur le dos, non merci.

Je suis rentré à la maison et Maman a décrété que je dormirai sur le canapé car elle ne pouvait pas me monter à l'étage pour atteindre mon lit. Au moins, je pouvais dessiner jusque pas d'heure sans que ma mère me dise qu'il est trop tard. Elle m'a préparé un bouillon de poulet, comme quand j'étais petit, et nous avons regardé la télévision. La finale d'un télé-crochet (spoiler : ce n'est pas la femme qui a gagné).

J'ai reçu un message (chose étrange car je n'en recevais jamais, ou presque).

Théo : Ça va ?

J'ai répondu que ça pourrait aller mieux et je me suis concentré sur l'émission suivante, une rediffusion de la préparation d'une comédie musicale pendant que Maman prenait des notes.

Mon téléphone a vibré de nouveau.

Théo : Tu pourrais me demander si je vais bien ! Je suis blessé.

J'ai daigné répondre.

Moi : Comment vas-tu ?

Théo : Je ne pourrais pas jouer de guitare pendant deux jours donc très mal. Plus mon père qui veut que j'arrête d'en jouer tout court et que j'en profite pour me concentrer sur mes études... Argh.

Moi : J'ai deux plâtres et ma mère ne veut pas que je me regarde dans le miroir.

Théo : Léo, si tu voyais ta tête tu ferais une syncope.

Moi : Tu n'exagérerais pas un chouïa ?

Même si c'était le cas, il avait piqué ma curiosité. J'ai envisagé de me lever et d'aller dans l'entrée, où il y avait un miroir, mais je me suis dit que la caméra frontale de mon téléphone irait très bien. Alors j'ai ouvert l'application de l'appareil photo, changé l'orientation de l'écran...

Et j'ai vu.

Je ressemblais à un cadavre. Enfin, plus que d'habitude car ce n'est pas la grande forme à la base.

Mais quand même. J'étais sacrément endommagé.

Pour commencer, j'avais le teint gris et pâle au lieu du teint seulement pâle. Aussi, des points de suture à une de mes arcades sourcilières et sur le menton. Sans parler de mon bleu à la mâchoire, qui s'était propagé jusque dans mon cou. J'étais particulièrement désagréable à regarder, alors j'ai détourné les yeux et ai éteint mon téléphone.

J'ai entendu celui de ma mère sonner, puis elle a décroché en s'éloignant dans la cuisine.

« Venir le voir ? Oui, bien sûr. Mais maintenant ? Il est tard, je suis désolée mais ça ne va pas être possible. »

Je me suis franchement demandé qui voulait venir me voir à une heure pareille. J'en suis rapidement venu à la conclusion que je n'avais, en tout et pour tout, qu'un seul ami. Et qu'il avait besoin de quelqu'un en ce moment.

« Maman ! Laisse-le venir, s'il te plaît. » ai-je crié pour qu'elle m'entende depuis la cuisine.

Elle a soupiré.

« Et tes parents ? Sont-ils d'accord ? »

Bingo. Si Maman parle des parents, c'est quasi gagné.

« Très bien. Nous avons un lit libre, tu pourras dormir ici. »

Je sais pourquoi Maman l'a laissé venir. Ça me rend un peu triste, d'ailleurs. Car elle laisse Théo dormir ici uniquement parce qu'elle sait que je n'ai pas d'amis. Et comme il paraît que les contacts sociaux positifs sont bons pour le moral, elle m'encourage à en avoir.

Quelques minutes plus tard, on a sonné. Théo est arrivé avec sa guitare et un paquet emballé dans du papier journal. Il n'avait pas l'air aussi défiguré que moi : il n'avait qu'une éraflure sur une de ses joues et un œil au beurre noir. Mais il gardait, sur son visage, son éternel air charmeur. C'était tout lui, mais en même temps, il paraissait différent (et je ne parle pas des conséquences de sa rébellion contre l'oppression homophobe).

Il est arrivé vers moi, tout sourire, et m'a tendu son paquet.

« Cadeau de convalescence. » a-t-il expliqué.

J'ai murmuré un « merci » étonné. Un présent ? Pour moi ? Bien sûr, Maman m'offre des cadeaux. Mais jamais personne en dehors d'elle.

De mon bras libre, j'ai essayé d'enlever la ficelle qui retenait le paquet mais, avec mon autre bras dans le plâtre, ce fut vain.

« Je vais t'aider. » s'est empressé de dire Théo.

Il a retiré la ficelle, si bien que je n'avais plus qu'à enlever le papier journal. Ce que j'ai fait pour voir apparaître sous mes yeux un cactus en plastique.

« Je voulais en prendre un vrai, mais je ne savais pas si tu avais la main verte. »

Je l'ai fixé un instant puis, avec toute la douleur du monde sur mon visage, j'ai esquissé un sourire. C'était tellement gentil. Je n'avais pas l'habitude de tels actes d'amitié, et là… ça me prouvait que l'humanité n'est pas perdue.

« Merci. Et ce mot représente si peu face à la gratitude que j'ai envers toi. »

Il m'a souri en retour. Et, soudainement, tout avait un sens.

Sans que je ne m'en rende compte, Maman nous avait laissé. Peut-être qu'elle n'avait jamais été dans la pièce à partir du moment où Théo était arrivé. Je n'en sais rien. Je n'avais pas fait attention.

Alors nous avons passé la soirée à discuter sur le canapé, et à plaisanter sur son cactus en plastique.

Et tout avait un sens.

Léo

neuvièmelettre

Dimanche (soir)

Cher futur Léo,

J'ai fait tellement de cauchemars cette nuit, c'était horrible. J'ai réveillé Théo six fois, la septième c'est lui qui m'a réveillé sans être parvenu à s'endormir. Il avait négocié pour dormir à côté du canapé, entre ce dernier et la télévision, alors Maman lui a donné un matelas et il s'est débrouillé.

Je me suis donc éveillé en pleine nuit, complètement désorienté. Je n'arrêtais pas de penser à elle ; elle revenait dans chacun de mes mauvais rêves. Ce n'était pas faute d'avoir essayé de l'en empêcher, mais rien que je ne puisse faire ne parvenait à l'éloigner de moi. Malgré mes cachets, je n'étais pas suffisamment apaisé pour ne pas être angoissé...

Cachets que j'ai oublié de prendre hier.

Et dont il ne faut surtout pas rater une dose.

Alors quand je me suis réveillé pour de bon, j'ai été les prendre en vitesse (du moins en vitesse fauteuil roulant-esque) en espérant que Théo ne comprenne pas de quoi il s'agissait. Mais, j'aurais dû m'en douter, c'était peine perdue. Quand quelqu'un qui a mal dormi va immédiatement prendre des médicaments en ouvrant les yeux, on peut se douter de ce dont il s'agit.

« Léo ? » m'a demandé Théo en arrivant dans la cuisine.

Je redoutais le pire.

« Qu'y a-t-il ?

— Pourquoi prends-tu des pilules ? Car tu dors mal ?

— On peut dire ça... »

J'étais assez gêné. Comment dire que l'on va si mal, que l'on est si anxieux, qu'on est obligé de prendre de satanés cachets pour pouvoir fermer l'oeil sans rêver que celle qui dormait dans le lit pour enfant de l'étage ne se fait pas étrangler et rouer de coups et bien pire par...

Wow. C'est la première fois que j'écris un truc pareil. Et ça fait mal.

Je n'ai pas envie de continuer cette lettre. Mais je suppose que je devrais, il faut toujours finir ce qu'on a commencé, pas vrai ? Et j'ai commencé car il se passe des choses dans ma journée, contrairement à la monotonie effrayante de mon quotidien d'avant Théo.

Car depuis que Théo est dans ma vie, il s'en passe des choses. J'ai l'impression de ne jamais avoir vécu avant, de n'avoir jamais fait quoi que ce soit d'autre qu'aller à la pelouse de la gare. Mais, quelque part, aller à cette pelouse m'a permis de rencontrer Théo donc, finalement, ce n'est pas si mal ?

Je ne sais pas. Tout est confus.

Bref.

Théo a insisté. Ce garçon est incroyable.

« Comment ça « on peut dire ça » ? Soit c'est le cas, soit ça l'est pas.

— Disons que c'est une des raisons, mais pas la principale. »

Il a semblé réfléchir. Comme s'il ne savait pas s'il pouvait me demander quelle était, justement, cette raison principale. Je ne le savais pas moi-même. Pouvait-il me poser la question ? Avait-il le droit ? Lui laissais-je ce droit ?

Je n'en avais aucune idée. Remarque, futur Léo, je ne le sais toujours pas au moment où j'écris cette lettre. Même s'il pouvait m'interroger, comment lui répondre ? Je n'en suis pas capable. Impossible. Je n'arrive même pas à l'écrire, ce n'est pas pour le dire à haute voix.

Théo a semblé comprendre ce que je pensais si fort, alors il m'a souri et s'est adossé contre le réfrigérateur pendant que je prenais deux bols et un paquet de céréales de mon bras non plâtré. Je n'avais pas spécialement faim or il fallait que je mange quand je prenais des médicaments. C'était plus que nécessaire à mon bon fonctionnement.

« On n'a que des céréales au miel, j'espère que ça te va ?

— Pas de soucis, généralement je ne prends que du café le matin.

— Je peux t'en faire un. »

Je me suis dirigé vers la cafetière, ai pris une capsule au hasard (ça ne pouvait pas être mauvais) et j'ai lancé la machine. Pendant que celle-ci faisait le café de Théo, je le regardais. Il a dû sentir mon regard, car il a baissé les yeux vers moi. Le temps a semblé s'arrêter.

C'était juste un matin de plus dans un monde immense et pourtant j'avais l'impression qu'il n'y avait que nous deux. C'est ça, avoir un ami ? C'est avoir un sentiment magnifique de sérénité, mais en même temps avec une touche anxieuse qui me caractérise si bien ? Est-ce que c'est ça, l'amitié ? Pouvoir compter sur quelqu'un, quoi qu'il arrive, et être sûr que cette personne ne nous lâchera pas ?

Est-ce que c'est ça, aimer ?

Théo a souri. Je me suis empêché de lui répondre de ce même sourire, sachant ce qu'il signifiait. J'étais excité mais j'avais très peur d'aimer quelqu'un d'autre que ma mère. Futur Léo, j'espère que j'ai fini par accepter aimer d'amitié Théo. J'ai vraiment besoin de lui.

Tu as besoin de lui, Léo.

Plus que jamais.

Ainsi, nous avons pris notre petit-déjeuner ensemble. Maman dormait encore, il n'était que huit heures et quelques ; trop tôt pour un dimanche. Théo racontait des blagues et, parfois, la douleur se réveillait dans ma mâchoire. J'étais défiguré mais au moins je fonctionnais encore.

« Ton père ne te laissera jamais refaire de musique ?

— J'en doute. Je ne sais pas comment je vais faire avec Aro. Si le chanteur et guitariste principal se casse, je vois pas comment ils vont faire. Et j'ai tellement, tellement pas envie de quitter le groupe. La musique, c'est mon truc. J'ai l'impression d'être né pour ça. Comment on fait quand on nous retire une telle source de bonheur ? Comment on fait quand on n'a plus rien à quoi s'accrocher ? »

Je sais ce qu'il ressentait. Quand ma sœur... quand elle... enfin, quand elle est partie, il ne me restait que Maman. Il avait bien sûr la pelouse de la gare et l'art, mais ce n'est jamais pareil que de vraies personnes.

Je ne sais pas ce qui m'a pris, mais j'ai dit...

« Je serais là. »

J'ai aussitôt voulu m'enterrer.

Théo m'a regardé fixement.

Le temps s'était arrêté.

Puis Théo a fini par sourire.

« Ça me touche beaucoup, ce que tu dis. »

Moi aussi, ça me touchait beaucoup. Un peu trop, d'ailleurs.

Le téléphone de Théo a sonné et il a regardé l'écran. Matthias.

« Excuse-moi. »

Il s'est levé, s'est éloigné pour répondre, et j'ai senti qu'il m'échappait. J'aurais aimé que ce moment ne soit pas interrompu, mais c'est bien connu : on n'a jamais ce qu'on veut dans la vie.

J'ai, très indiscrètement, écouté ce que Théo disait.

« Matthias ? Pourquoi tu m'appelles ? (...) Non, ne viens pas, je ne suis pas chez moi. Tu n'as qu'à passer ce soir. (...) T'es pas à ma demande mais je te signale que c'est toi qui veux me voir. (...) Tu sais quoi, Matthias ? Fais ta vie. De toute façon mon père aurait jamais voulu que je te voie aujourd'hui ou un autre jour. »

Je me suis senti jubiler. Pas très sympathique en effet, mais comment résister à la tentation de voir Théo jeter le type qui m'avait emmené à l'hôpital la première fois ? Surtout que Matthias avait interrompu notre moment. Matthias = mauvais type.

« Ton père était d'accord pour que tu viennes me voir ?

— Non. J'en ai juste parlé à ma mère.

— Il ne risque pas d'être encore plus sévère ? »

Il a haussé les épaules et a sorti son café hors de la machine pour s'asseoir à côté de moi.

« Je m'en fiche. »

J'ai souri. D'un vrai et grand sourire. Je n'ai pas pu m'en empêcher.

Nous avons pris notre petit-déjeuner et il était neuf heures et quart quand ma mère est descendue à la cuisine. Elle nous a salué – un câlin pour moi, la bise pour Théo – puis s'est fait un café. Je me sentais bien, pour la première fois, dans la banalité du moment. Tout était si simple, il ne se passait rien d'extravagant, pourtant j'avais cette impression étrange d'avoir ma place quelque part d'autre qu'à la pelouse de la gare, quand j'écoutais une chanson pleine d'espoir, une chanson entraînante, une chanson d'amour, la plupart du temps. Essayez d'écouter Only Just A Call Away des Struts sans sentir que vous appartenez au monde, par exemple. C'est impossible.

Je me suis mis à fredonner le refrain de cette chanson, inconsciemment ; ça m'apaisait. Et ce n'est pas comme si j'étais particulièrement perturbé à cet instant, c'est juste que tout était génial pour la première fois depuis longtemps et, toujours inconsciemment, je préparais la chute. Car après avoir été au maximum de bonheur, automatiquement, ça retombe. C'est forcé. Alors fredonner ainsi permettait d'allonger le moment de bonheur, et, ça, c'était du luxe. Du luxe beaucoup trop cher pour moi.

Car ça allait retomber. Et ce serait pas joli à voir.

Léo

dixièmelettre

Lundi

Cher futur Léo,

Pire journée de ma vie. Pour commencer, parlons d'abord de dimanche en quelques mots : Théo a dû partir et s'est fait engueuler par son père (je le sais grâce aux peu de messages qu'il a réussi à envoyer avant de, je suppose, se faire confisquer son portable). J'espère qu'il n'a pas non plus pris ses clefs de voiture, j'aimerais bien qu'il vienne me voir plus souvent (même si, bon, j'ai aussi eu envie de l'étriper sur place).

Bref, je parlerai de ça plus tard, mais Théo est venu me voir. (J'en avais bien besoin.)

Bref. Je vais essayer de faire par ordre chronologique, car, là, bonjour les anachronismes si je commence par Théo alors que la journée a commencé de la pire façon qui soit.

Déjà, aller au lycée en fauteuil roulant c'est pas l'éclate. Surtout quand on est censé prendre le bus. Oh, bien sûr, de nos jours, les bus sont équipés. Sauf que, ah oui, j'avais oublié : les gens sont stupides. Alors, bien sûr, quand j'ai essayé de monter par l'arrière, un type du lycée m'a empêché de monter. Le chauffeur n'a quasiment rien fait, excepté redémarrer. Il y avait une fille qui passait par là et, oh miracle, elle avait vu ce qui venait de se passer. Je la connais de vue : elle s'appelle Gladys, elle a beaucoup d'amis mais n'est pas dite populaire pour autant.

Alors elle a dit :

« Tu veux que je t'emmène ? »

Je n'ai pas répondu tout de suite. C'était trop bizarre que quelqu'un m'aide comme ça, moi, Léo, le type étrange du lycée. Au bout de quelques secondes, quand j'ai compris que je n'étais vraiment pas fait pour les relations sociales, je lui ai demandé :

« Pourquoi ? »

Elle a paru, un instant, décontenancée. Elle n'avait sans doute pas prévu que j'oppose une résistance (résistance quelque peu minime étant donné mon statut provisoire).

« Car je le peux. »

Aussi simple que ça. Et il y a vraiment quelque chose qui tourne pas rond chez moi, car j'ai accepté sans m'assurer qu'elle ne faisait pas partie d'un groupe de serial-killers. Bref, je vous passe les détails quand elle m'a emmené à sa voiture et fait monter dans sa voiture.

Elle ne savait pas vraiment comment plier le fauteuil roulant et, à vrai dire, moi non plus, donc elle l'a juste posé sur les sièges arrières.

Gladys a démarré. Au début, je ne faisais pas attention aux chemins que nous empruntions. J'aurais dû.

Elle a fini par arrêter la voiture dans une espèce d'endroit désaffecté.

« Pourquoi tu t'arrêtes ? Je vais être en retard à mon cours de litté... »

Elle s'est tournée vers moi, a posé une main sur ma cuisse... Je le sentais mal.

« Arrête de parler... »

Elle a approché son visage du mien et ses yeux se sont plantés dans les miens. Littéralement. Puis elle a... posé ses lèvres... sur... les miennes.

C'était mon premier baiser. Je ne savais pas vraiment comment réagir. Même pas du tout à vrai dire. Qu'est-ce que j'étais supposé faire pendant qu'elle avait sa bouche contre la mienne ? Histoire de paraître un tant soit peu « normal », j'ai répondu à son baiser.

J'avais l'impression de me trahir, quelque part. Mais je ne voulais pas la blesser... Je sais ce que c'est d'être rejeté.

Elle a détaché sa ceinture de sécurité et, je ne sais comment, a réussi à s'asseoir sur moi. Ma jambe plâtrée me faisait un peu mal comme ça, mais c'était supportable. Puis elle a enlevé son tee-shirt.

« Qu'est-ce que tu fais Gladys ?

— Tu ne vas pas me dire que ça te dérange si…

— Si quoi ? ai-je demandé, un peu désorienté.

— Si je fais ça. »

Et là… elle a… posé une main sur mon entrejambe. J'ai écarquillé les yeux. J'avais juste envie de vomir tellement je me sentais mal à l'aise.

Mais elle a continué en déboutonnant mon jean, en m'embrassant dans le cou… mais avant qu'elle ne défasse la fermeture Éclair, je l'ai repoussée de mon bras valide.

« Pas comme ça. »

Je ne voulais pas le faire. Pas maintenant, pas avec elle. Ce n'était pas qu'elle n'était pas jolie ou que mes plâtres me gênaient (même si, en réalité, un peu quand même) mais je ne l'aimais pas… je ne la connaissais même pas. Et j'avais ces marques dans mon dos que je ne laissais personne voir. Et que dirait Théo s'il savait que je m'agrippais à la première venue ? Et qu'est-ce que Théo avait à avoir dans tout ça ?

« T'es sérieux Léo ? »

Elle fronçait les sourcils.

« Écoute, je suis désolé mais je n'ai pas l'intention de coucher avec quelqu'un que je ne connais pas, dans une voiture où tout le monde pourrait nous voir… »

Je n'ai pas précisé que je ne l'avais jamais fait. Ce n'était pas nécessaire.

Gladys n'avait pas l'air d'être du même avis que moi. Alors elle a défait la fermeture de mon pantalon et je me suis demandé si c'était une tentative de viol. Bon avec le recul je me rends compte que j'ai un peu exagéré, mais quand même...

J'ai mis ma main sur mon entrejambe et j'ai essayé de fermer le zip d'une main. Je n'étais pas très doué. Bref.

« Je ne te plais pas ? »

Elle semblait blessée. Moi, je rougissais.

« Non, ce n'est pas ça.

— Alors quoi ?

— Je te l'ai dit. Je ne te connais pas. Je ne vais pas faire ça dans une voiture.

— Ça ne t'excite pas ? »

Si une fille en soutien-gorge dans une voiture m'excite ? Oui. Si une fille en soutien-gorge dans une voiture, que je ne connais pas et qui était censée m'emmener en cours à la base m'excite ? Beaucoup moins.

« Je peux arranger ça tu sais, a-t-elle ajouté en reposant sa main à l'endroit interdit.

— Non, non, arrête. »

J'ai dû semblé désespéré car elle a remis son tee-shirt en soupirant et est revenue à sa place de conductrice.

Génial. Qu'est-ce qui tourne pas rond chez moi ? Je suppose que n'importe quel garçon aurait adoré ce genre de proposition...

« Gladys, je...

— Descends. »

J'ai tourné la tête vers elle. Elle avait l'air très en colère.

« Je suis désolé.

— Dépêche-toi. »

Ouais, je sais ce que tu te dis futur Léo. Elle m'a abandonné là. Elle m'a quand même laissé prendre mon fauteuil roulant et je sais pas comment j'ai fait pour marcher jusque la portière arrière avec mes deux plâtres mais j'ai réussi. Gladys a attendu que je referme les portes et elle a démarré en trombe.

Je ne savais pas ce que c'était ici. J'étais dans la mouise. Bref. Heureusement, j'avais mon téléphone. J'ai à peine hésité entre appeler ma mère ou appeler Théo. Je suis un fils indigne parfois.

« Allô, Léo ?

— Oui, euh... j'ai un petit problème. »

Il a parlé à quelqu'un d'autre puis est revenu vers notre conversation.

« Mon cours va commencer, je suis désolé j'ai un DST à ne surtout pas louper... Envoie-moi un message, je te répondrai dès que je sors.

— Non, Théo, je suis perdu, mon chauffeur m'a abandonné en plein milieu de nulle part, s'il te plait.

— Quoi ? »

Quelqu'un lui a à nouveau parlé.

« Je... je dois vraiment y aller, je t'envoie le numéro de téléphone d'un pote. »

J'étais déçu qu'il ne puisse pas venir m'aider mais, eh, est-ce que je serais venu même si j'avais un DST qui allait déterminer mon année ? J'aimais penser que oui, mais malheureusement je sais bien que non.

Trois secondes plus tard, j'ai reçu un message de sa part. C'était, en effet, un numéro de téléphone. J'ai appelé.

« Allô, qui est-ce ?

— Théo m'a donné votre numéro car j'ai besoin d'aide.

— Qu'est-ce qui vous arrive ?

— Une fille m'a abandonnée je ne sais où et je suis en fauteuil roulant.

— D'accord. Comment tu t'appelles ?

— Léo. Et vous ?

— Matthias. »

Oh non. Il n'avait pas fait ça.

Théo m'avait demandé d'appeler son ex. Quelle idée !

« Très bien, je vais te géolocaliser et j'arrive. »

J'ai failli dire que ce n'était pas la peine mais j'étais vraiment dans une mouise sans nom. Et puis... il n'oserait pas frapper une garçon en fauteuil roulant, quand même... ?

J'essayais vraiment de me rassurer mais j'avais peur qu'il voie ma tête et reparte aussi sec. C'était grandement envisageable vu la première et dernière fois où nous nous étions vus. Mais bon. Je me suis dit que ça pouvait difficilement être pire (j'avais tort) et j'ai désespérément attendu. Je me suis dit que j'allais finir par me faire tuer par je ne sais quel moyen quand le bruit d'un moteur s'est fait entendre derrière moi. Pendant un instant, je ne me suis pas retourné. Puis je me suis dit que je ferais peut-être mieux, afin d'être fixé.

Quand j'ai croisé le regard de Matthias, il a brusquement freiné. Il m'avait reconnu. Indubitablement. Il a semblé en proie à un grand dilemme : m'aider, ou bien, ne pas le faire. Je me suis demandé s'il oserait faire cela à un handicapé provisoire, et j'ai attendu.

Voyant qu'il ne réagissait pas, j'ai péniblement avancé vers le côté conducteur de la voiture. Il a ouvert la portière sans pourtant me regarder à nouveau dans les yeux.

« Salut... »

Il ne m'a pas répondu. Je suppose que le simple fait qu'il ne s'en allât pas était déjà un accomplissement en soi.

« Je suis désolée pour -

— Je m'en fous. Tu l'as fait. »

Son ton était tellement froid que j'ai eu un mouvement de recul. Je me sentais tellement mal d'avoir écouté Théo et d'avoir obéi sans même me soucier des sentiments de Matthias. Et même à cet instant, je me suis demandé s'il en avait toujours maintenant. C'était horrible. Je n'avais absolument pas à me mêler des histoires d'amour de Théo, je n'étais qu'un ami parmi tant d'autres. Mon existence ne changeait rien et ne changerait jamais rien.

« Il n'y a rien entre Théo et moi. » ai-je tenté pour avoir une chance qu'il me ramène en voiture.

Et c'était le pire dans tout ça. Théo avait plein d'amis. Je n'en avais aucun autre. Je dépendais de lui mais c'était à sens unique. J'aurais beau eu tergiversé, je savais qu'il n'y avait aucune chance qu'il me considère comme quelqu'un d'important dans sa vie. Il avait ses potes de la première et dernière fête où j'étais allé, une famille, un groupe de musique, et sans doute plein d'autres personnes avec lui. Je n'avais que lui et ma mère. C'était d'ailleurs injuste, puisque je me reposais entièrement sur lui.

« Je sais. Il m'a déjà dit que tu n'étais rien pour lui. »

Mon cœur a loupé un battement. Bien sûr, je le savais, mais en avoir confirmation était... trop dur pour moi. J'ai passé ma langue sur mes lèvres, ai dégluti, puis je lui ai demandé, comme si il ne venait pas de détruire mes récentes et fragiles fondations :

« Tu peux me ramener dans un coin connu ? Ou juste l'arrêt de bus le plus proche, je me débrouillerai...

— Je te ramène chez toi, t'inquiète. Théo m'a expliqué que c'était pour me rendre jaloux et que t'avais juste été là au bon moment. D'ailleurs, désolé pour... ton visage. »

Juste là au bon moment... Je n'avais qu'été là « au bon moment ». Juste ça. Je n'étais rien. Rien dans son paysage de possibles.

Je n'ai jamais répondu à Matthias. À la place, je lui ai donné mon adresse et je me suis installé tant bien que mal à la place du mort. Il y avait de nouveau des musiques qui défilaient dans ma tête mais, quand j'ai regardé l'écran de la radio, il n'y avait rien à l'antenne. J'avais envie de pleurer. De hurler. Je me suis retenu.

Toujours en silence, il m'a déposé devant chez moi et j'aurais voulu le remercier mais tout ce que j'ai réussi à faire c'est lui sourire. Puis il est parti et j'ai avancé jusqu'aux marches du perron en fauteuil roulant. J'aurais tellement souhaité aller à la pelouse de la gare que j'ai failli en pleurer.

Je ne me souviens plus vraiment comment j'ai fait mais j'ai escaladé les escaliers du perron et je suis rentré dans la maison qui était la mienne.

Mais même si j'étais dans le bâtiment où j'avais grandi, je ne me sentais pas chez moi. Cette maison a connu beaucoup trop d'horreurs pour que je puisse la considérer comme un foyer. Bien sûr, j'ai ma mère. Elle est tout pour moi. Mais comment penser à elle sans penser à Lucie et à...

Mon téléphone a sonné.

« Allô, Léo ? Où es-tu ? Le lycée vient de m'appeler, tu n'as pas été en littérature ! »

Je pouvais entendre son inquiétude à travers mon smartphone et je me détestais tellement d'être si malheureux et en colère à cause de Matthias et Théo que j'ai failli ne pas lui répondre pour ne pas l'inquiéter.

Mais je savais que ce serait pire si je ne disais rien.

« Je suis à la maison. Je ne me sens pas bien. »

Maman a dû déceler que quelque chose n'allait pas, car en général je vais toujours en cours même si j'ai la grippe.

« Tu veux que je rentre ?

— Non, ça va. Je vais appeler Théo pour voir s'il peut passer. »

Elle m'a dit qu'elle m'aimait, je lui ai répondu que moi aussi je l'aimais, puis elle m'a conseillé de me reposer. Avant de raccrocher, elle a répété qu'elle m'aimait plus que tout. Je suis resté sans voix, incapable de réfléchir correctement.

C'est généralement à ce moment-là que je prends mes médicaments pour éviter la crise. Mais je n'en avais même pas la force. Je suis parti m'allonger sur le canapé et j'ai juste fixé le plafond blanc pendant des heures, sans fixer mes pensées sur quelque chose de précis. Je n'étais plus vraiment là.

Au bout d'un certain temps, je suis sorti de ma torpeur car mon téléphone avait vibré. Un message de Théo.

J'ai eu envie de balancer le téléphone en question de l'autre côté de la pièce. J'étais tellement en colère contre moi-même d'avoir pu croire, l'espace d'un instant, qu'il se souciait de moi. Comme toujours, j'étais bien trop idiot. Et comme il valait mieux que je porte ma colère sur quelqu'un d'autre que moi-même, j'ai lu son message afin d'y répondre de manière assassine.

Théo : Tu es bien rentré chez toi ?

Moi : J'aurais eu le temps de crever depuis l'appel.

C'était tout ce que j'ai réussi à répondre. Ce n'était pas trop méchant, pourtant je m'en voulais déjà.

« Putain ! » me suis-je exclamé sans raison.

On dit que les mots grossiers aident à surmonter la douleur. C'est un mensonge.

Mon téléphone a vibré. J'ai essayé de l'ignorer, mais regarder le plafond avait perdu de son intérêt. À présent, j'avais envie de lui hurler dessus.

Théo : Matthias n'est pas venu te chercher ?! Tu es toujours là-bas ?!

Moi : Je suis chez moi.

Théo : Tu veux que je passe ?

Moi : Non.

Ça ne pouvait pas être plus direct. Mais Théo est passé quand même.

Léo

onzièmelettre

Lundi (soir)

Cher futur Léo,

Théo est passé. Ça s'est bien passé. Enfin, je dirais que ça s'est bien passé s'il n'avait pas eu un événement particulier.

Bref, j'étais dans une colère noire face à lui, mais surtout contre moi-même quand il sonné. J'avais envie de me terrer dans mon lit et de ne jamais en sortir, sans doute par peur de commettre l'irréparable.

Je suis allé devant la porte, j'ai regardé par le judas en me levant de mon fauteuil roulant assez difficilement. Il portait un de ses traditionnels chapeaux de paille et ses lunettes de soleil. Un manteau en cuir, aussi, ce qui complétait son look de guitariste leader d'un groupe, je suppose. Quoi qu'il en soit, il a dû appuyer sur la sonnette une nouvelle fois car je ne parvenais pas à le laisser entrer. J'ai respiré un grand coup histoire de me calmer, puis j'ai fait en sorte d'afficher un sourire.

J'ai tourné les clefs dans la serrure et j'ai reculé. Théo avait dû entendre le bruit caractéristique d'une porte déverrouillée car il est entré. Il m'a souri mais mon visage joyeux devait paraître peu convaincant car il a dit :

« Tu es certain d'aller bien ?

— Plus certain que toi. »

Je me répétais en boucle que je n'avais été là « qu'au bon moment » et ça me suffisait pour le haïr. Moi qui avait placé tous mes espoirs de guérison en lui, je venais de subir une totale désillusion et je n'étais pas prêt à le laisser s'en tirer comme ça.

« Léopold. »

J'ai tiqué. Pas car son ton était autoritaire, mais à cause du prénom qu'il avait utilisé. J'avais enterré Léopold en même temps que Lucie, ils n'étaient plus là.

« Qui t'a autorisé à m'appeler comme ça ? ai-je dit d'un ton hargneux.

— Pardon. Je voulais dire Léo. »

Il a semblé se rendre compte qu'il avait dit une sottise. En roulant, je me suis dirigé vers le salon. J'avais envie de me frapper rien qu'à l'entente de ce prénom. Je n'étais plus Léopold. Léopold allait bien,

Léopold avait une famille aimante. Ce n'était pas le cas de Léo. Ce n'était pas mon cas.

Théo m'a suivi dans le salon. Jugeant qu'il était préférable de les prendre en la présence de quelqu'un d'autre, j'ai été cherché mes médicaments dans la commode où Maman rangeait tous les produits liés à la santé. J'ai avalé un cachet en cas de crise, puis je suis resté immobile. Théo était debout à quelques mètres de moi.

« Comment es-tu au courant ?

— Ta mère m'a appelé pour le lycée. Sur les papiers, tu t'appelles...

— Ne dis rien. »

J'étais suffisamment courroucé pour qu'il n'en rajoute pas.

« Léo, je m'inquiète pour toi.

— C'est nouveau, ça. »

À partir de ce moment-là, je crois qu'il a compris que j'étais en colère contre lui. Je ne le regardais toujours pas ; je me savais incapable de garder mon calme si je le faisais. Enfin, j'avais plutôt peur de m'effondrer en larmes de rage devant lui.

« Écoute, je ne pouvais vraiment pas passer, j'ai déjà raté trop de partiels et -

— C'est pas ça.

— Alors quoi ? »

J'aurais voulu disparaître. C'était beaucoup plus facile d'être en colère contre lui si je n'avais pas à m'expliquer. Surtout quand m'expliquer revenait à montrer que je tenais un peu (trop) à lui.

J'ai roulé jusque la cuisine pour prendre un verre d'eau. Je me sentais honteux d'éviter la conversation alors que, quelque part, c'était moi qui avait fait en sorte qu'on en arrive là.

Bon en même temps, je ne lui avais jamais demandé de venir.

« Léo, parle-moi ! Qu'est-ce qu'il y a ? »

Théo m'avait suivi jusque dans la cuisine. Je me suis retourné vers lui, prêt à déverser ma haine sur lui.

« Je te déteste. »

Les mots avaient franchi mes lèvres sans que je ne puisse les en empêcher. Je savais que je n'aurais jamais dû dire cela, que j'aurais haï la personne m'ayant dit une telle chose alors que je ne voulais pas que Théo me laisse tomber.

« Quoi ?

— Tu as très bien entendu. » ai-je poursuivi, ne voulant pas passer pour plus idiot que je ne l'étais déjà.

Il y a eu quelques secondes de silence intense.

« Pourquoi ? »

Et tout s'est mis à tourner dans ma tête. Les larmes sont montées jusque mes yeux et j'ai tout fait pour ne pas les laisser couler mais ça a été un échec.

« Je ne suis rien pour toi.

— Pardon ?

— Je n'étais que là au bon moment. »

Il a progressivement semblé se rappeler de ses propres mots.

« C'est Matthias qui t'a dit ça ?

— Quelle importance ? »

Il s'est approché de moi et je ne pouvais pas vraiment aller plus loin. Il s'est accroupi, de façon à être à ma hauteur, pour me dire :

« Léo, Matthias t'a dit ça juste car il est jaloux.

— Jaloux de quoi ?

— De toi. »

Mais qui pouvait vraiment être jaloux de moi ? Je n'ai rien de formidable, je ne suis ni talentueux, ni aimé, ni quoi que ce soit en réalité.

« Je ne te crois pas. Pourquoi le serait-il ? C'est insensé.

— Il est jaloux car... je t'aime bien. »

Insensé, me suis-je alors dit.

« Alors pourquoi avoir dit que je n'étais rien pour toi ?

— Car j'ai dit ça pendant la fête. Et qu'il ne t'avait pas encore frappé, qu'on n'avait pas encore passé de temps ensemble, que j'aimais encore Matthias.

— Ce n'est plus le cas ?

— J'imagine que ce qui reste d'affection passera. »

Je n'ai pas su quoi répondre. J'ai baissé la tête vers le sol et Théo a dû croire que je lui offrais mon front car il y a déposé ses lèvres. J'ai presque immédiatement relevé la tête.

« Théo...

— Oui ?

— Je... je ne peux pas. »

Il a froncé les sourcils, avant de s'exclamer :

« Eh, je ne te demande pas de sortir avec moi.

— Oh. »

J'étais un peu déçu, étrangement, mais je m'en sentais mieux. Je n'étais pas amoureux de Théo et cela m'aurait dérangé d'avoir à répondre non. Quelque part, ça aurait pu le rendre triste et je ne voulais pas que ce soit le cas.

« Je t'aime bien, mais je sais que c'est difficile.

— Tu fais allusion à quoi ?

— Déjà, aimer quelqu'un c'est pas de la tarte. Mais si en plus tu dois assumer être gay, alors bon courage.

— Tu sais, ça ne me dérangerait pas. »

Pitié. Pourquoi je ne me taisais donc pas ? Pourquoi fallait-il que je fasse atteindre à la conversation un point de non-retour ?

« Léo, quand ce connard t'a frappé...

— Je m'en souviens très bien, ai-je dit sur le ton de la plaisanterie.

— C'est comme ça tous les jours. Avec des mots ou avec des poings, c'est presque pareil. Tu es trop fragile pour ça. »

Depuis quand Théo décidait de ce que je pouvais endurer ou pas ? J'étais certes touché de son attention mais, jusqu'à présent, j'avais toujours réussi à m'en sortir. Bon, avec deux plâtres et un visage de zombie mortuaire pour le moment, mais je suis toujours en vie !

J'ai laissé tomber. Je n'avais pas envie de me disputer avec lui. Enfin, pas aujourd'hui. Pas une deuxième fois.

Nous sommes restés un moment silencieux, sans bouger, avant que je me décide à parler.

« Tu peux m'emmener en haut ?

— Tu veux que je te porte ? » a-t-il répliqué, quelque peu surpris.

Je me suis dit que c'était un peu bizarre comme transition, en effet.

« Laisse tomber, c'était bête. »

Il est alors sorti de la pièce et je l'ai suivi, histoire de savoir ce qu'il trafiquait. Il était debout face à l'escalier, l'air songeur, et il a tourné la tête vers moi pour murmurer :

« Je pense que tu surestimes mes capacités physiques, Léo.

— Je t'ai dit de laisser tomber. »

Presque aussitôt, il s'est penché vers moi et m'a soulevé avec peine afin de me porter jusqu'en haut des escaliers. Les premières marches ont été périlleuses, puis il a fini par prendre le rythme en chuchotant « putain, t'en as pas l'air mais t'es lourd » en me posant par terre sur le palier du premier étage.

Théo est ensuite descendu prendre mon fauteuil et, une fois monté, il m'a aidé à m'asseoir dessus. Je suis aussitôt allé dans l'atelier. Cela faisait trop longtemps que j'y avais pas été. Mon bureau était toujours dans un désordre sans nom et celui de ma mère d'un ordre impeccable, le lit pour enfant était toujours là... Théo m'avait suivi, aussi, quand j'ai roulé jusqu'à ma chambre, il a fait de même.

Je me suis effondré sur mon lit tel une masse. J'ai aperçu Théo sourire avant qu'il ne s'assoit à côté de moi.

« Au fait, je t'ai rendu les vêtements que tu m'avais prêté ?

— Léo...

— Oui ?

— Tu portes mon tee-shirt. »

J'ai baissé les yeux vers mon torse et, en effet, ce vêtement ne m'appartenait pas. Moment gênant.

« Tu peux te tourner ?

— Tu n'es pas obligé de me le rendre maintenant. Ce n'est pas nécessaire.

— Tourne-toi Théo. »

Il a soupiré, m'a écouté, et j'ai retiré son tee-shirt pour enfiler un de mes hauts de pyjama. Au moment où je passais le col, j'ai vu son regard sur mes cicatrices. J'ai froncé les sourcils. Il a semblé catastrophé.

« Léo, je suis désolé mais -

— Mais quoi ? Tu n'es pas capable d'enlever ton regard de moi ?

— C'est à peu près ça. »

C'était facile de me charmer, beaucoup moins d'accepter qu'il avait commis cette même erreur que de regarder mon dos.

« Trêve de plaisanterie, lui ai-je presque ordonné.

— Je m'inquiète pour toi, a-t-il murmuré en s'approchant de moi.

— Tu crois que c'est moi qui me suis fait ça ?

— Je devine donc, à ton air surpris, que ce n'est pas le cas. »

J'ai dégluti. Comment pouvais-je dire cela ? Comment avouer un tel acte et mon unique réaction ? Avais-je envie que Théo me regarde avec pitié dorénavant ? Pas du tout. Mais est-ce que ne pas lui révéler était une meilleure option ? Pas vraiment : il n'arrêterait pas de s'imaginer des choses les plus terribles les unes que les autres.

« C'est... »

Je ne suis pas parvenu à poursuivre.

« On a tout notre temps, Léo. »

Mais c'est plus facile de tout dire d'un coup, comme quand on retire un pansement.

« Mon père.

— Pardon ?

— Ne m'oblige pas à le répéter. »

Théo a semblé profondément choqué. Il avait les sourcils haussés et les yeux écarquillés.

« Mais quel... Quel connard ! » s'est-il brusquement exclamé.

J'ai esquissé un léger sourire face à l'insulte. Parfois, il m'arrivait de la dire à haute voix, pour entendre la façon dont il retentissait en sortant de ma bouche, pour voir si j'aurais pu le dire au concerné sans flancher. Une fois, Maman m'avait surpris, devant le miroir de la salle de bain, à répéter ce mot, encore et encore, pendant que je pleurais. C'était après une des premières fois où il m'avait fait du mal. J'avais, quoi, dix ans ? Je ne sais plus vraiment. Je me souviens des coups qui pleuvaient, de la ceinture qui fouettait mon dos, de mes larmes qui brûlaient mes joues. J'étais incapable de dire comment cela avait commencé ; il suffisait généralement qu'il ait un peu bu et l'engrenage s'enclenchait.

Théo a dû penser que c'était l'occasion, car il a poursuivi :

« C'était ton lit, dans l'atelier ?

— À une époque, oui. »

Me remémorer Lucie dormant dans son lit d'enfant qui avait été le mien était trop dur. J'ai senti les larmes affluer, mais il m'était impossible de les stopper. Je me demandais ce que devait penser Théo devant une mauviette telle que moi : je suis trop sensible et je passe ma vie à pleurer. Difficile à vivre quand on est un garçon dans une société telle que la notre.

« Tu as eu un frère ?

— Une sœur. Elle s'appelait Lucie. »

Prononcer son prénom à voix haute a fait redoublé mes sanglots. Je suffoquais presque, allongé dans mon lit, me haïssant de réagir ainsi. Me haïssant de n'avoir rien fait pour la sauver. Me haïssant tout court.

« Léo, à quoi penses-tu ?

— Que j'aurais dû… faire quelque chose. N'importe quoi, quoi que ce soit, quelque chose qui aurait changé la donne. Mais je n'ai rien fait, paralysé par l'effroi qui m'a saisi quand je l'ai vu en train de la rouer de coup… pendant qu'elle hurlait, criait, jusqu'à ce que sa voix ne se coupe. Comme si… on l'avait éteinte. Et sa voix résonnait toujours dans ma tête, et j'entendais les hurlements de Maman qui était arrivée un peu avant… avant qu'il… Elle a essayé de l'en empêcher, elle, et qu'est-ce que j'ai fait, moi ? Je suis resté immobile. Je m'en voudrais toute ma vie pour ça. »

Théo a semblé digérer l'amas d'informations que je lui avais fournies. Puis il a dit :

« Tu n'as pas à t'en vouloir pour ça. Tu étais jeune, tu n'avais pas assez de force…

— Et alors ? J'aurais dû faire quelque chose.

— Parfois, on ne fait pas toujours ce qu'on voudrait, ni ce qu'on aurait dû faire. On fait des erreurs, Léo, mais c'est la vie. Tu n'es qu'humain, on ne vit pas dans un monde idéal. Tu as le droit de commettre des bourdes, parfois, c'est pas si grave.

— Mais là, c'est comme si je l'avais tuée…

— Pas du tout. Léo, regarde-moi, a-t-il ajouté pendant que je plantais mon regard dans le sien. Tu n'es pas un meurtrier. Tu es magnifique et ça me tue que tu t'accables de ça car tu ne vois même pas à quel point tu es formidable. Tu es humain. Bien sûr que tu as le droit d'être paralysé par la peur, de ressentir, que ce soit de la culpabilité ou bien de la tristesse. Mais ne t'accable pas de quelque chose dont tu n'es pas responsable. Ce n'est pas toi qui a frappé ta sœur. Ce n'est pas toi qui lui a fait du mal. C'est vrai, dans un monde idéal, tu aurais dû faire quelque chose. Mais on n'est que dans la réalité. »

J'ai essayé de reprendre mon souffle entre deux larmes, histoire de me calmer. Ce n'est que quand Théo a pris ma main que j'ai senti que je me rapprochais de la réalité. J'essayais de m'y accrocher depuis ce matin, mais la main de Théo avait des pouvoirs salvateurs.

« Léo, tu n'as pas tué Lucie. »

Il prononçait son prénom comme s'il l'avait connue et ça aurait pu me déranger mais ça n'a pas été le cas. J'étais content que Théo soit venu, j'avais envie de le serrer dans mes bras. J'avais juste envie de me sentir vivant.

Je me suis répété que je ne l'avais pas tuée et, au bout d'un moment, j'ai réussi à m'en convaincre.

Léo

douzièmelettre

Mardi

Cher futur Léo,

Après les cours (car j'ai réussi à arriver au lycée à l'heure et à y rester grâce à Théo qui m'a emmené en voiture), ledit Théo est venu me chercher. Quelques rumeurs circulaient déjà à mon sujet, mais quand mes « camarades » ont vu que le leader d'Aromantique Arobasque venait me chercher... J'avoue que je me suis senti important. Certaines filles sont venues me voir pour me demander comment je le connaissais.

Difficile d'expliquer que je lui avais servi de petit-ami à une fête, alors je n'ai rien répondu. Elles se fichaient sans doute de ma réponse, car l'une d'elle a demandé si l'on sortait ensemble. J'ai répondu que non. J'aurais peut-être aimé que oui.

Théo est sorti de sa voiture pour m'aider à m'installer et a signé deux, trois autographes avant de dire qu'il avait quelque chose d'important à faire. Je me suis demandé si passer du temps avec moi signifiait faire quelque chose d'important mais, avant de me faire trop d'idées, j'ai juste attendu qu'il démarre.

Il avait sa guitare sur les sièges arrières et ses fameuses lunettes de soleil. Je n'ai pas posé de questions. J'étais heureux de le voir.

Il m'a emmené à la pelouse de la gare, s'est garé sur le parking, et je suis allé à l'endroit où je m'asseyais toujours. J'ai inspiré l'air frai, j'ai senti le soleil sur ma peau, mes pieds posés sur le sol terreux. Et ça faisait vraiment du bien de revenir ici tout en me disant que je n'avais tué personne.

Tout ça grâce à Théo.

Théo qui s'était assis sur le banc à côté de moi avec sa guitare.

« Eh ! s'est-il soudain exclamé.

— Oui ?

— Avec Aro, on va se faire interviewer par M6. Je voudrais que tu viennes.

— Moi ? Tu es certain ?

— Bien sûr. »

J'ai eu envie de l'embras -

Non. Pas du tout. J'ai juste eu envie de lui sourire. Ce que j'ai fait.

« Tu veux que je te joue le morceau qu'ils vont passer à la radio ?

— Je t'écoute. »

Il a sorti sa guitare de son étui et a commencé à gratter les cordes, doucement, et avec une voix suave il a commencé à chanter. C'était de l'anglais, je n'y comprenais pas grand chose étant donné qu'il ne s'agissait pas de ma première langue vivante au lycée, mais c'était joli quand même. J'ai cru reconnaître les mots « boy » et « love » mais je n'étais pas sûr. Théo avait sans doute un trop bon accent.

« C'est très beau.

— Merci, ça me touche. »

Je lui ai souri.

« Au fait, c'est quand ton interview ?

— Vendredi.

— Ah. »

Ce n'était pas le meilleur jour possible. En effet, le lendemain, ce serait l'anniversaire de mort de Lucie. Je savais que je serais anxieux, voire angoissé, à l'approche de ce jour, aussi je ne pensais pas être capable de l'y accompagner.

« Tu as quelque chose de prévu ?

— Pas exactement. »

Comment trouver les mots pour expliquer que je ne pouvais vraiment pas venir, mais sans le décevoir ?

« Léo, dis-moi.

— C'est que... ça fera presque cinq ans. »

J'ai dit ça avec un nœud dans la gorge. Me souvenir de Lucie me fait toujours aussi mal. Je suppose que ce sera toujours le cas, n'est-ce pas, futur Léo ? Ses cheveux raides au carré, son visage rond de petite fille, les même fossettes que celle de Maman... Je pense que ça te fera toujours mal.

Je sais qu'on ne dit pas ce genre de chose, qu'une personne âgée qui meurt c'est tout aussi triste qu'un enfant, mais franchement... elle avait tellement de choses à faire. Elle était trop jeune pour ça.

Je me suis dit qu'on était toujours trop jeune pour ça.

Quoiqu'il en soit, Théo m'a regardé, peiné, et a demandé s'il pouvait faire quelque chose. J'aurais aimé lui dire « Sois là. Reste, quoiqu'il arrive, s'il te plaît. Je t'en supplie ne pars pas, ne fais pas comme toutes ces personnes qui disent vouloir rester mais ne sont jamais là finalement. Je sais que c'est beaucoup, que tu n'as pas forcément envie de faire ça, mais c'est juste ce dont j'ai besoin. »

« C'est bon, je vais survivre. » ai-je répondu.

C'était une des pires choses que j'avais jamais dites. Moi, survivre ? D'accord, j'y étais parvenu jusqu'aujourd'hui, cependant je ne m'étais jamais senti aussi mal et, paradoxalement, aussi bien parfois, qu'en ce moment. Mon humeur faisait des montagnes russes et je n'étais pas certain d'être capable de la suivre encore longtemps. J'aurais aimé ne pas être tout joyeux pendant une heure et, la seconde d'après, au trente-sixième dessous.

« Tu es sûr ? » a-t-il insisté.

Je me suis franchement demandé s'il comprenait à quel point ça allait être difficile pour moi pour s'assurer que ça allait à ce point-là. Puis je me suis dit qu'il n'y avait qu'une seule raison pour laquelle il me posait cette question : il avait dit lui-même que j'étais fragile. Il n'avait pas vraiment tort.

« Ne t'inquiète pas pour moi.

— Tu sais, ça me semble un peu impossible. »

Je n'ai pas su quoi répondre alors j'ai gardé le silence. C'était quoi, ça ? Une déclaration d'amitié ? Même si, depuis hier, je me dis sérieusement que Théo en pince pour moi, je m'évertue à songer qu'il ne cherche que de l'amitié. Je n'ai jamais eu à gérer une personne amoureuse. Je ne sais pas comment faire.

J'ai souri, car ça me touchait, mais surtout car, il y a de ça un mois, je n'aurais jamais cru avoir un ami.

Et puis soudain, une voix que je ne connaissais que trop bien m'a dit :

« Léo ? »

Je me suis retourné. C'était Dimitri, cependant il ne m'avait jusque alors jamais, jamais appelé par mon prénom. Le plus souvent, les « sale pédale » lui suffisait à me qualifier.

Dimitri n'était pas avec son habituelle bande de potes stupides et il semblait se faire violence pour paraître aimable. Derrière lui, au loin, j'ai aperçu la voiture de ses parents devant le café où j'avais parlé pour la première fois à Théo.

Celui-ci a d'ailleurs réagi plus vite que moi :

« Qu'est-ce que tu lui veux ?

— C'est pas à toi que je parle, a répliqué Dimitri avec arrogance.

— Qu'est-ce que tu me veux ? » ai-je dit en reprenant la formule de Théo pour montrer que j'appuyais ses dires.

Il a regardé derrière lui, là où ses parents l'attendaient.

« Je te jure que si tu répètes ce que je te dis, tu pourras plus jamais remarcher de ta vie.

— Ce sont des excuses, ça ? » m'a demandé Théo en ignorant Dimitri.

Le fait que Théo ne regarde même pas mon harceleur a semblé mettre celui-ci en colère. Je pouvais comprendre, or je jubilais que ses parents soient à côté car j'aurais pu répondre n'importe quoi qu'il n'aurait pas pu me frapper ou me lancer des canettes vides.

« Je suis désolé de t'avoir mis en fauteuil roulant, a-t-il murmuré comme s'il récitait une leçon apprise par cœur.

— Quelle sincérité ! s'est-exclamé Théo en grattant les cordes de sa guitare.

— Ok. » ai-je répliqué.

Je ne savais pas quoi dire d'autre. Voyant que je n'ajouterai rien de plus, Dimitri est parti vers la voiture de ses parents en traînant des pieds. Une fois qu'il a été suffisamment loin, Théo a dit :

« Mais quel abruti ! Ce n'est même pas comme s'il ressentait une once de culpabilité. »

J'ai juste souri. Je me sentais soudain mal que Théo m'ait déjà vu en présence de Dimitri, c'est-à-dire en position de parfaite victime. Il a dû le remarquer car il m'a dit :

« Léo, il ne faut s'attendre à rien de la part de ce genre de personne.

— C'est... c'est pas ça.

— Qu'y a-t-il ?

— Je suis tellement triste que tu m'aies vu tel que je me vois. »

Théo a froncé les sourcils. Il paraissait ne pas comprendre ce que je lui avais dit et, vu la façon dont je m'étais exprimé, je comprenais parfaitement. J'avais tendance à ne pas être le plus clair possible dans mes explications psychiques.

« Euh... Pardon ? »

J'ai rassemblé mes pensées, prêt à me couper moi-même l'herbe sous le pied. En l'occurrence, l'herbe était notre amitié.

« Je veux dire que c'est horrible que tu aies vu comment les autres me traitent. D'abord Dimitri, après Gladys... Je -

— Gladys ? »

Oh non. J'avais omis de lui en parler jusque là. Pourquoi fallait-il que je parle ?

« C'est pas la fille qui t'a emmené au lycée ? »

Merci Maman.

« Léo, qu'est-ce qu'elle t'a fait ? »

Comment lui dire ? J'avais tellement honte de m'être laissé avoir comme ça, ce n'était pas pour le dire à voix haute...

« Disons qu'elle a voulu...

— Oui ? a-t-il insisté, voyant que la pause dans ma phrase commençait à durer. Léo, je m'inquiète.

— Disons qu'elle voulait faire quelque chose que je ne voulais pas faire ? »

J'avais l'impression d'être un gamin pré-pubère incapable de prononcer certains mots trop osés. Théo, quant à lui, n'a pas semblé penser la même chose. Il paraissait ne comprendre qu'à moitié ce que je lui disais à demi-mots.

« Elle t'a v -

— Non, non ! me suis-je exclamé en l'empêchant de prononcer ce mot-là. Elle n'a pas fait ça. Bien sûr que non... C'est juste qu'elle aurait voulu... plus... »

J'ai mis la main dont le bras n'était pas plâtrée devant mon visage pour me cacher. J'avais honte.

« Léo, a murmuré Théo en prenant ma main dans la sienne pour m'empêcher de me cacher derrière.

— Je crois que c'était un pari.

— Comment ça ?

— Me dépuceler. »

En effet, ça faisait un moment que j'entendais parler de certains « jeux », de « paris » complètement stupides qui visaient à coucher avec le plus de personnes possibles. Je ne savais pas si c'était d'actualité dans mon lycée, cependant je savais maintenant que Gladys était bien du genre à se laisser entraîner là-dedans.

« Elle est vraiment sur le point de voter celle-là ?

— Parfois j'ai un doute, ai-je murmuré en songeant que j'allais effectivement sur mes dix-huit ans.

— Revenons aux choses sérieuses : pourquoi dis-tu que les autres te traitent comme de la daube et que tu ne voulais pas que je le sache ?

— Tu sais, avec Dimitri, ce n'était que la partie émergée de l'iceberg. Et savoir que tu sais comment on me traite ça me... Je ne sais pas comment dire. J'ai peur que tu me voies comme les autres me voient. Comme je me vois.

— Mais, Léo, ces gens sont juste trop stupides pour voir ce que je vois. Et, toi, tu es trop blessé pour te voir comme moi je te vois. Tu es une personne formidable et je suis certain que ta mère serait d'accord avec moi, ainsi que n'importe qui te connaissant un minimum. L'opinion des autres sur toi-même ne devrait jamais entrer dans ta ligne de mire. On s'en fout des autres. »

Je me suis dit qu'il devait écrire des paroles magnifiques sur ses chansons, mais que j'étais juste incapable de les comprendre.

« D'accord. » ai-je simplement répondu dans un sourire.

Puis Théo a mis un de ses écouteurs dans une de mes oreilles et l'autre dans son oreille gauche.

« Je vais te faire écouter quelque chose.

— Je ne suis pas sûr qu'on ait les mêmes goûts musicaux, ai-je plaisanté.

— Mais si, mais si. »

Nous avons rigolé. Dimitri et Gladys étaient inexistants mais, moi, je ne l'étais pas. On rigolait en écoutant de la musique, tous les deux le visage défiguré, et c'était bien. J'étais sur la pelouse et je me disais que rien ne pourrait gâcher mon humeur pour la journée. J'avais raison.

Léo

treizièmelettre

Vendredi

Cher futur Léo,

Je suis allé accompagner Théo pour son histoire de groupe. Sauf que, aïe, la bande de pote du groupe en question était là. Et donc Matthias aussi. Au lieu de l'éviter, je me suis dit qu'il fallait affronter ses peurs. C'est ce que j'ai fait. Pas que j'aie une peur angoissante à l'idée de le voir, mais plutôt à propos du fait qu'il me casse la figure ou bien qu'il me révèle d'autres choses que lui ait dites Théo. Dans ces deux cas, non merci, j'ai déjà donné.

Quoi qu'il en soit, Théo est venu me chercher dans sa voiture. Maman m'a étreint de la façon la plus ferme qui soit, se rappelant bien évidemment que cela ferait cinq ans, et m'a laissé partir vers l'inconnu. Peut-être espérait-elle me voir à la télévision, je n'en sais rien, mais dans tous les cas j'ai pris la décision de ne pas apparaître sur l'écran, d'une quelconque manière que ce soit.

Je ne savais pas trop si c'était par timidité ou par crainte d'être exposé aux yeux de la France entière. Peut-être un peu des deux.

J'ai roulé jusque la voiture, Théo s'est baissé pour me faire la bise et m'a aidé à m'installer à la place du mort. Il a plié mon fauteuil, l'a rangé dans le coffre, puis s'est assis à côté de moi. Il a mis la radio, sa ceinture (dans cet ordre, on voyait le sens de ses priorités) et a démarré. Sans le moindre mot, certes, mais il avait le sourire aux lèvres.

« C'est l'interview qui te rend si heureux ?

— Aussi le fait que tu sois avec moi. » a-t-il dit distraitement en doublant une voiture trop lente sur le périphérique.

Je me suis dit qu'il devait être sacrément concentré sur la route pour ne pas remarquer que je me sentais très gêné qu'il m'ait dit cela. Enfin, bon, je n'allais pas non plus cracher sur sa gentillesse à mon égard.

Mais malgré ça, je ne pouvais pas oublier que le lendemain nous serions samedi. Et pas n'importe quel samedi. À chaque anniversaire de sa mort, ma mère et moi allions sur sa tombe, afin de nous recueillir. C'était toujours plus difficile pour elle que pour moi : elle avait perdu sa fille. Moi, j'étais encore petit alors, oui, bien sûr que ça m'avait traumatisé, mais j'allais finir par m'en remettre. Alors que perdre un enfant... On ne se remet jamais de ça. Je ne pense pas qu'on le puisse.

Sans parler du fait qu'elle se sentait coupable d'avoir « mal choisi » son concubin. J'avais déjà essayé de la rassurer, de lui montrer par

A+B qu'elle n'aurait jamais pu prévoir une telle violence chez un homme qu'elle pensait connaître. Elle en était arrivé à la conclusion qu'on ne connaissait jamais vraiment les gens.

Je me suis alors figé.

Qui me disait que Théo n'allait pas me faire le même coup que Gladys ? M'emmener quelque part, me faire une blague ? J'ai vraiment essayé de me raisonner, de me dire que ce n'était pas le cas mais l'horreur était là, immense et terrifiante : et si... et si c'était une blague ?

Le temps que je cogite, Théo avait cheminé jusqu'au plateau où il était invité. Selon le GPS, il restait dix minutes de route alors j'ai profité de ce moment pour dire :

« Arrête-toi.

— Quelque chose ne va pas ? »

Théo avait l'air inquiet. Je me suis demandé si c'était vrai, s'il ne jouait pas la comédie. J'espérais tellement que ce ne soit pas le cas mais... qui pouvait me confirmer ça ? Personne. Théo pouvait tout aussi bien me mentir et m'emmener dans un gang où on me kidnapperait ou que sais-je encore.

Je sais que, jusqu'à présent, tout me prouvait le contraire. Mais, sur le moment, je n'ai pas réfléchi. Tout me tombait dessus.

« Je veux sortir. »

Je commençais à respirer de plus en plus fort, de plus en plus vite. Je le sentais mal, mais j'étais perdu en plein Paris, avec une seule personne que je pensais connaître mais que, finalement, je ne connaissais pas si bien que ça.

« Attends, je me gare, deux secondes. »

Il s'est mis en warning sur le côté de la rue, à moitié sur le trottoir, et j'ai immédiatement ouvert la portière pour essayer de sortir avec mes deux plâtres. Sur un pied, je suis resté immobile dans la rue déserte tandis que Théo venait me rejoindre.

« Léo, qu'est-ce qu'il y a ? »

Il s'était approché de moi, mais je ne voulais pas de lui aussi près. Je l'ai repoussé en mettant ma main devant moi, prêt à déverser toutes les larmes de mon corps tellement je me sentais stupide et trompé à la fois.

« Tu te moques de moi, c'est ça ? me suis-je écrié comme un demeuré.

— Je ne te suis pas... »

Il a encore tenté de se rapprocher mais ma main l'en empêchait. Je me sentais un peu comme un ballon gonflé d'hélium qui arrivait à la fin de son ascension : après des jours d'humeur stable, ça devait retomber.

« Léo, explique-moi.

— Non, laisse-moi. J'ai pas besoin qu'on me fasse tomber plus bas que terre à nouveau.

— Tu as pris tes médicaments ? a-t-il voulu savoir.

— En quoi ça te regarde ? ai-je marmonné.

— Ça me regarde car tu comptes pour moi.

— Laisse-moi rire. »

Je n'avais pas conscience que ce que je disais pouvait le blesser. Je m'étais mis en position de victime et, à cet instant, ça me paraissait tellement réel que je ne pouvais pas le mettre de côté pour plus tard.

« Tu crois sincèrement que j'aurais fait tout ça si...

— Si quoi ? ai-je demandé tandis qu'il mettait un peu de temps à continuer sa phrase.

— Si je ne t'aimais pas. »

Je suis resté interdit. Disait-il aimer comme aimer d'amitié ou bien autre chose ?

Mon bras valide s'était baissé à l'entente de cette phrase, alors il en a profité pour s'approcher. Je n'arrivais pas à croire qu'il m'ait dit qu'il m'aimait. Ce n'était pas possible. Il mentait, c'était évident.

Mais pourtant, une infime part de moi espérait qu'il s'agissait de la vérité. Est-ce que cela voulait dire que j'aimais Théo ? Est-ce que ça voulait dire que j'éprouvais des sentiments pour lui ? Mon cœur s'est mis à battre plus fort, et j'en suis venu à la conclusion que ce n'était pas possible. Moi, Léo, enfant à problème que personne n'aime, aimé et amoureux ? C'était risible.

« Qu'est-ce que ça veut dire ? » me suis-je enquis de savoir.

Il s'est encore rapproché. Je me suis dit que le prochain pas serait de me passer à travers.

Je l'ai vu se mordre la joue, il me regardait droit dans les yeux et semblait empreint de panique. Sur le moment, je n'imaginais pas du tout à quoi il pensait. Je me disais qu'il devait tenter de trouver un moyen d'échapper à cette situation gênante, mais en fin de compte il a dit :

« Je t'aime. »

Mon cœur a explosé.

Je me suis rassis dans la voiture, les jambes dépassant sur la rue, et j'ai essayé d'emmagasiner ce qu'il venait de me dire. Ce n'était pas possible. Il venait à peine de se séparer de Matthias, c'était prématuré.

J'aurais voulu ne pas gâcher le moment, mais j'étais Léo et j'étais incapable de croire qu'une autre personne que ma mère puisse m'aimer. Alors je l'ai fait :

« Je ne te crois pas. »

Il s'est baissé, pour se mettre à ma hauteur, et a répondu :

« Léo, je sais pas comment il faut te le dire mais, putain, c'est possible que l'on t'aime. Tu es une personne incroyable, j'arrive toujours pas à croire que tu te condamnes ainsi en te disant que t'en vaux pas le coup. »

Il a marqué une pause.

« Est-ce que ça t'est déjà arrivé de vivre ta vie sans réfléchir ?

— Pas vraiment.

— Je vais t'aider. »

Et là, là, il m'a embrassé. Des frissons ont parcouru mon corps de bas en haut, et je n'arrêtais pas de penser à ses lèvres chaudes sur les miennes. À son nez qui touchait le mien, à sa main dans mon cou… Je suis certain que ça n'a duré qu'une fraction de seconde, et pourtant… ça m'a semblé être une éternité. La plus délicieuse éternité qu'il m'ait été donnée de vivre.

Quand il s'est détaché de moi, j'ai pris une grande inspiration, pas certain de savoir comment réagir.

Mille questions tambourinaient dans mon crâne. Quoi ? Pourquoi ? Comment ? Qu'est-ce que j'avais fait pour mériter un tel baiser ? Tout l'alphabet résonnait dans ma tête et les phrases interrogatives se mêlaient et s'emmêlaient les unes avec les autres.

« Je ne suis pas sûr que tu comprennes à quel point tu peux être merveilleux, a-t-il ajouté sans trop éloigner son visage. Et ça me tue car tu es la plus gentille et la plus belle personne que je connaisse. »

Je suis resté sans voix. Je ne m'étais pas préparé à entendre ça. Je ne m'étais préparé à rien du tout excepté me retrouver abandonné dans les rues de Paris. Ça changeait du tout au tout.

« Théo, tu es sûr que tu ne fais pas une sorte de projection de Matthias sur moi ?

— Léo, il faut te le dire comment ? Avec Matthias, c'était totalement différent ; mais c'est fini. Je sais que j'ai dû te paraître encore amoureux il y a deux semaines, mais c'était surtout pour avoir une chance de mieux te connaître. Si on est allés à la fête où Matthias t'a donné un pain –encore désolé pour ça d'ailleurs– c'est juste car je t'aimais bien... Il faut forcer le destin parfois, et c'est ce que j'ai fait. »

J'aurais voulu que la journée s'arrête là. C'était trop beau pour être vrai, et c'était si beau et inespéré que je ne voulais pas me laisser du temps après pour risquer de tout gâcher.

Je me dois de noter qu'il n'a pas eu l'indélicatesse de me demander si, moi, je l'aimais. Tout simplement car il devait comprendre à quel point c'était difficile pour moi d'accepter d'être aimé, certes, mais aussi d'aimer tout court.

C'est à ce moment-là que j'ai remarqué qu'une voiture klaxonnait pour mettre en évidence le fait que la voiture était mal garée. Théo m'a aidé à m'installer, s'est assis à la place du conducteur, puis a démarré.

Nous n'avons pas beaucoup parlé lors des dix minutes restantes. La seule chose notable qui s'est déroulée, c'est que la main droite de Théo est venue sur mon genou gauche tandis qu'il était arrêté à un feu rouge. J'ai souri, d'un sourire incontrôlable que j'aurais voulu cacher, mais il regardait la route.

Finalement, nous sommes arrivés en retard au plateau-télé. Mais étant donné que nous étions censés arriver en avance, ça a plutôt bien fonctionné. Le seul problème ça a été que Théo devait passer par le plateau et que, moi, je devais me mettre derrière la caméra. Je dis que c'est un problème uniquement car je n'avais pas envie qu'il soit à côté d'autres personnes que moi.

Excepté ça, tout s'est bien déroulé. Ils ont chanté un de leur titre phare, ont répondu à quelques questions toutes simples, puis Théo, en sortant du plateau, a décrété qu'il fallait aller prendre un verre pour fêter ce jour.

C'est à ce moment-là que j'ai essayé d'affronter Matthias. Enfin, du moins, ne pas trop l'éviter.

J'imagine que ça aurait pu être bien pire. Enfin, je continuerai plus tard, j'ai vraiment besoin de dormir.

Léo

quatorzièmelettre

Cher futur Léo,

Après avoir passé une bonne nuit de sommeil, je me dois de continuer ma lettre d'hier. Alors, Théo a décidé qu'on allait tous prendre un verre. Pour ça, Théo a voulu prendre le métro (?) et le tram (??) alors que j'étais en fauteuil roulant (???). Sam, la fille punk de la première et dernière fête où j'étais allé, a réussi à le raisonner pour lui faire comprendre que, le fauteuil roulant en transport, c'était moyen.

Heureusement que Sam était là. Elle m'a même fait remarquer que j'aurais dû le lui rappeler moi-même. Peut-être que j'aurais dû, en effet, mais je n'avais qu'une envie : retrouver Théo, dans sa voiture, et l'embrasser de moi-même. Pas quand il conduisait, cela allait de soi.

Sauf qu'avant de rentrer, il fallait sociabiliser.

Le bar était très chaleureux ; il y avait d'ailleurs d'autres jeunes qui fêtaient je ne sais quoi. De ce fait, ça donnait une certaine ambiance à la pièce. Comme s'il y avait déjà une dynamique et qu'il fallait la respecter. Je ne me sentais pas vraiment à l'aise.

« Léo, tu veux boire quelque chose ? » m'a demandé Théo avec un grand sourire.

Je lui ai répondu qu'un thé glacé suffirait amplement. Pas d'alcool avec les médicaments. C'était la règle d'or.

Ils ont tous pris des boissons alcoolisées dont je ne me souviens pas des noms, puis nous nous sommes tous installés à une table où je pouvais caser mon fauteuil. Théo était à ma droite, Matthias en face de moi. Les membres du groupe étaient assis du côté de Théo : il y avait Valentin, le batteur-bi-mais-aro, Jules, le multi-instrumentiste aromantique et Charles, bassiste gay. Je précise uniquement leur sexualité en raison du grand questionnement concernant ma propre sexualité et non car je les juge, futur Léo.

C'est vrai, quoi : est-ce qu'embrasser Théo fait de moi une personne homosexuelle ? Pas que j'ai quelque chose contre cette sexualité mais... comment j'étais censé en parler à ma mère ? Même si je me doute qu'elle s'en doute, ce n'est pas... évident. Même si embrasser Théo fait juste de moi une personne qui aime, je ne peux pas négliger le fait manifeste que l'homosexualité reste toujours compliquée pour la personne qui l'expérimente mais aussi pour le faire accepter. J'en ai eu l'exemple avec Dimitri. Et, pour le premier cas, avec moi-même.

« Léo ? À quoi penses-tu ? » a murmuré Théo près de mon oreille.

J'avais conscience que tout le monde était occupé avec sa propre conversation, mais j'avais peur de le dire à haute voix. Je suis homosexuel, me suis-je dit plusieurs fois dans ma tête. Mais ça sonnait bizarre.

« À toi. » ai-je laissé échapper dans un murmure presque inaudible.

Il a souri. Et là, j'ai voulu l'embrasser. Mais il y avait plein de monde, et Matthias, et je n'arrivais pas à savoir si aimer Théo faisait de moi quelqu'un de différent, alors j'ai laissé tomber l'idée. Après coup, je me dis que ça ne fait pas de moi quelqu'un de différent. Je diffère juste de la norme d'une société qui prône l'hétéro-normativité. Qu'est-ce qu'il y a de mal à se démarquer ?

Ce n'est pas mal de se démarquer. C'est juste pas conseillé pour moi, puisque, jusqu'à présent, me démarquer ne m'a jamais rien valu de bon.

« Je peux passer chez toi ce soir ? » a-t-il murmuré à mon oreille.

Panique à bord. Comment ça, passer chez moi ? Et le soir ? Est-ce que ça voulait dire qu'il voulait... plus ?

« Mon père ne voudra jamais que tu viennes, et comme j'ai assez envie de rester avec toi... a-t-il ajouté.

— Ok. » ai-je répondu avec une voix suraiguë.

Pour la suite des événements, je dirais que tout s'est bien passé. Matthias n'a pas chercher à me parler plus que ça et je ne l'ai pas évité non plus. Alice et Hugo s'étaient séparés mais semblaient se rabibocher au fil de la soirée, tandis que Bob cherchait à discuter avec une autre fille qu'il ne connaissait pas. Sam, quant à elle, cherchait à obtenir des révélations concernant le prochain titre d'Aromantique Arobasque auprès de Valentin, Jules et Charles. Certains de leurs propres amis nous avaient rejoint, et le temps de dire bonsoir à tout le monde, Théo me proposait qu'on s'en aille.

En sortant du bar, Théo a voulu payer ma consommation. J'ai refusé. Il a insisté et a fini par donner un billet au serveur, sans même se soucier de mon avis. Au début, je me suis renfrogné, puis quant je me suis souvenu qu'il m'avait embrassé, ça m'a apaisé.

Et, après, je me suis remémoré que j'avais prévu de l'embrasser, moi.

Oups.

J'ai roulé jusque sa voiture et il m'a aidé à monter, puis hop ! on était parti. Je n'avais pas eu le temps de l'embrasser ou, plutôt, je ne l'avais pas pris.

« Théo ?

— Oui ? » a-t-il répondu machinalement à l'entente de son prénom.

Je regardais les lumières de Paris défiler devant mes yeux.

« Je sais que c'est précipité, mais est-ce qu'embrasser quelqu'un signifie sortir avec lui ? »

Je savais que j'aurais dû éviter une question aussi profonde alors qu'il conduisait mais je ne pouvais pas m'en empêcher. Heureusement, Théo est un bon conducteur et ne s'est pas laissé distraire.

Il ne m'a pas répondu tout de suite. À vrai dire, il ne m'a pas répondu du tout tant que nous n'avions pas atterri devant chez moi. J'avais commencé à trouver le temps long et je me demandais même si je l'avais vexé. Il a coupé le moteur, puis a tourné la tête vers moi.

« Je pense que tu sors avec qui tu veux quand tu le veux, du moment que la personne est consentante. Et que ce n'est pas un baiser qui doit changer quelque chose.

— Et bien... quand même un peu ? »

Il y a eu une pause, puis j'ai poursuivi :

« Je ne sais pas si je veux sortir avec toi. Mais je ne dis pas ça pour te vexer. C'est juste que... je ne sais pas comment gérer une personne amoureuse. Et tu ne sauras pas comment me gérer moi. Et ce n'est pas la peine de me dire le contraire, car si je te laisse entrer, tu ne t'en sortiras jamais. Je le sais. Et j'ai pas le droit de t'imposer ça...

— Tu ne m'imposes rien du tout Léo.

— Si, tu ne t'en rends pas compte, c'est tout. Tu ne te rends pas compte que si tu me laisses entrer comme moi je te laisse faire, je vais t'accaparer. Et...

— Je m'en fiche. Accapare-moi.

— Tu ne te rends pas compte. Tu ne peux pas.

— Je ne peux pas quoi ? »

Je sais qu'il le savait. Il avait quand même posé la question.

« Tu ne peux pas me sauver. »

C'était dit. Et ça avait le mérite d'être clair.

Il a froncé les sourcils.

« Je... Quoi ? »

Pause. J'aurais aimé savoir ce à quoi il pensait. J'aurais vraiment aimé, pendant qu'il me regardait de ses beaux yeux qui paraissaient noirs dans l'obscurité, connaître ses sentiments, ses idées. J'aurais voulu savoir s'il me prenait pour un dégénéré, comme les gens du collège.

« Léo, écoute-moi bien. Et là, vraiment, il faut que tu me comprennes. Tu n'es pas condamné. Tu ne l'as jamais été, a-t-il ajouté en s'approchant de moi. Tu es empli d'un potentiel que tu ne vois même pas. »

Il s'est penché encore plus et m'a embrassé.

Ça n'a pas duré une seconde, c'est tout ce que j'ai à dire.

Quand il s'est détaché, je n'étais que moi alors que, pendu à ses lèvres, j'étais tellement plus. Alors avant qu'il ne s'éloigne trop, je l'ai embrassé. De moi-même. Et c'était merveilleux. Ma main libre est venue se nicher dans son cou et tout était bien.

Sauf qu'il a fallu que je reprenne mon souffle. Je n'étais pas un adepte de la plongée sous-marine. Et tout s'est arrêté mais ça m'a laissé un goût d'assez. J'ai souri en me détachant de Théo et, après qu'il m'ait sorti mon fauteuil, nous sommes rentrés à la maison. Il était déjà suffisamment tard pour que nous ne traînions pas...

J'ai regardé l'heure.

Et voilà.

Nous y étions.

Lucie était morte cinq ans auparavant.

J'ai décidé de ne surtout pas aller dans l'atelier puis je me suis rappelé qu'il y avait au moins quinze marches pour arriver jusque là, alors je n'avais aucun soucis à me faire.

J'ai vraiment essayé de ne pas trop penser. J'ai vraiment essayé. Mais je ne pouvais m'empêcher de penser à tout ce qu'elle avait manqué. Si Lucie avait été là, peut-être que, du haut de ses dix ans, elle aurait été heureuse d'apprendre ma relation privilégiée avec Théo. Peut-être que j'aurais pu me réjouir avec quelqu'un qu'il soit dans ma vie.

Peut-être que je n'aurais jamais été mal, peut-être que je n'aurais jamais été à la pelouse de la gare si elle avait été là. Peut-être que je n'aurais pas rencontré Théo.

Et c'était horrible de me demander ça, mais je l'ai fait quand même : qui choisirais-je entre Lucie, ma propre sœur, et Théo, qui avait longtemps été un inconnu ? Si j'avais eu le choix, qu'aurais-je fait ?

Cette simple pensée m'a plongé dans un mutisme profond. Je me détestais que la réponse ne soit pas venue d'elle-même, que je n'ai pas choisi Lucie envers et contre tout. Mais Théo avait pris tellement de place que je ne savais plus comment faire sans lui. Je ne pouvais plus vivre sans lui car il avait trouvé en moi tout ce que j'avais cru parti.

Quand Théo m'a demandé si ça allait, je ne lui ai pas répondu. Il a du constater que ça n'allait pas, se douter que c'était à propos de ma sœur, et m'a fait un petit sourire qui se voulait rassurant.

« Comment on fait pour que tout ne se casse pas la gueule ? » ai-je subitement demandé alors que Théo s'apprêtait à défaire le canapé-lit.

Il m'a regardé un instant, avant de dire :

« Léo, parfois, tu me poses des colles. »

J'ai acquiescé plusieurs fois, comme si c'était la réponse à ma question. Quelque part, ça l'était : il s'agissait de la réponse universelle, selon laquelle, de temps à autre, il y avait des interrogations sans réponse. Même si ça ne me convenait pas, c'était ainsi. Je ne pouvais rien y faire.

Théo est allé chercher de quoi manger (car, bon, l'alcool et le thé glacé ça ne nourrit pas) et nous avons soupé d'un reste de purée, devant la télévision à un volume moindre.

Je n'arrêtais pas de penser à deux choses : l'une, à Lucie, l'autre... au fait de savoir si, oui ou non, on sortait ensemble. Je me prenais sans doute trop la tête mais je n'arrivais pas à déterminer si j'étais gay ou pas. C'était une question essentielle pour moi, car je savais au fond de moi que ma mère n'aurait rien contre mais je ne pouvais m'empêcher d'imaginer qu'elle ne comprendrait pas. Je ne sais pas trop à quoi elle penserait, mais imaginer son fils gay, avec notre société assez fermée, ça allait l'inquiéter. C'était certain. Il n'y avait qu'à voir avec Dimitri.

Je me suis endormi juste après avoir pris mes médicaments, peu habitué à me coucher si tard. Théo m'a réveillé quand il est allé aux toilettes, vers cinq heures du matin, et je n'ai pas réussi à me rendormir. J'imagine qu'une nuit de deux heures a été suffisante, même si j'en doute fortement.

Bref, j'ai attendu qu'il revienne et, comme il mettait un certain temps, je me suis demandé s'il ne s'était pas perdu en chemin. Quand il est revenu, je lui ai demandé :

« Qu'est-ce que tu faisais ?

— Je regardais le lit pour enfant.

— Ah.

— Tu ne penses pas qu'il serait temps de vous en débarrasser ? »

À vrai dire, je n'y avais jamais songé. Peu après l'enterrement, Maman s'était occupée de nettoyer les draps et de faire le lit, puis personne n'y avait plus touché depuis, excepté pour faire la poussière. Le lit avait quasiment toujours été là, alors imaginer l'atelier sans ? C'était étrange.

« Je ne dis pas ça pour te brusquer, est-il intervenu en s'asseyant à côté de moi. C'est juste que… je ne trouve pas ça très sain, de rester avec ce souvenir aussi tragique.

—J'imagine que tu as raison. »

Je ne savais pas trop quoi dire. Théo prenait certes beaucoup de place dans ma vie, mais je n'avais pas envie de parler de ce lit avec lui. Je ne sais pas trop pourquoi, sans doute était-ce trop personnel pour notre nouvelle relation.

Et, d'ailleurs, quelle relation ?

« J'ai une question, ai-je dit peu après ma dernière phrase.

— Je t'écoute.

— Si la réponse est non, je t'assure que ça ne me vexera pas. Mais j'aimerais juste savoir si… »

J'ai fait une longue pause. Il était cinq heures du mat' et, au lieu de me préoccuper de mon sommeil, j'étais en train de demander au principal concerné si, oui ou non, il sortait avec moi.

« Si ? a poursuivi Théo en m'encourageant.

— Si tu… enfin, je… Toi et moi, on… »

Je ne suis pas parvenu à aller plus loin dans mon explication, cependant il a semblé comprendre.

« La réponse n'est pas non. »

J'ai murmuré « Ok » et je me suis allongé de nouveau, histoire de me rendormir (ou plutôt de chercher toutes les raisons pour lesquelles la réponse pouvait être « je ne sais pas »). Théo n'était pas du même avis.

« Et toi ? » a-t-il demandé.

Je me suis soudainement rappelé qu'il fallait l'accord des deux personnes dans ce genre de chose. J'étais parti du principe qu'il était évident que ma réponse serait oui, que c'était à Théo de décider, que j'étais à sa merci.

« Bien sûr que oui. C'est comme si… toute ma vie, j'avais attendu ce moment.

— Tu vas me faire rougir, a-t-il plaisanté, visiblement mal-à-l'aise devant cette déclaration. »

Nos visages n'étaient pas si éloignés l'un de l'autre, pourtant, je me suis empêché de l'embrasser. J'avais l'impression qu'on m'avait donné un droit divin mais que je ne devais pas user de ce droit à tord et à travers, sans raison. Alors, au lieu de lui montrer que je l'aimais bien, même sacrément bien, j'ai fermé les yeux pour lui signifier que la conversation était terminée, ou bien que j'étais fatigué.

Je sais, futur Léo. Niveau relations humaines, j'ai des progrès à faire.

Bref, j'ai dû me rendormir car, quand j'ai ouvert les yeux, le soleil était levé et Théo aussi. Il n'était plus là. Je me suis demandé s'il n'avait pas réalisé que tout ceci était une énorme erreur et qu'il préférait sa vie d'avant, sa vie sans moi.

Alors que je me faisais mille et un films, la tête de Théo est apparue par la porte de la cuisine. J'ai été pris d'une énorme bouffée de soulagement en constatant qu'il était toujours là, avec moi.

Avec moi. À quelques mètres de moi et en sachant qu'on... sortait ensemble ?

J'ai entendu ma mère descendre les escaliers. Je me suis vaguement inquiété du fait que Théo devait sentir l'herbe, ou le shit, ou les deux, puis je me suis dit qu'il ne devait pas sentir tant que ça.

« Bien le bonjour, mon fils, a-t-elle cantonné en arrivant vers moi, tandis que je m'installais péniblement dans mon fauteuil. Comment allez-vous ? a-t-elle ajouté en s'intéressant aussi à Théo. »

Je n'ai pas su quoi lui répondre. À la place, je me suis dirigée vers mon... ami (?) et, de ma main libre, j'ai touché ses doigts. J'ai aperçu le regard de ma mère sur nos mains mais elle n'a rien laissé paraître, excepté un grand sourire bienveillant.

Elle est allée dans la cuisine et a proposé un café à Théo tandis qu'elle s'en faisait un. Je pouvais discerner son sourire à la Mona Lisa, je le pouvais vraiment, et ça, ça signifiait qu'elle se fichait que je sorte avec une fille ou bien Théo. Et c'était merveilleux de sentir cette brume de confiance autour d'elle, et surtout qu'elle me renvoie ce sentiment.

Grâce à elle et son simple sourire, je me suis dit que ce n'était pas une erreur. Que j'avais le droit, moi aussi, d'aimer. Et peu importait que ce soit une intello de ma classe ou un guitariste et chanteur connu dans toute la région. J'avais le droit d'aimer. Et c'était merveilleux.

Léo

quinzièmelettre

Dimanche

Cher futur Léo,

Nous nous sommes débarrassés du lit aujourd'hui. Hier, Théo en a parlé à ma mère car je ne pouvais pas lui exprimer l'effet que me faisait ce meuble moi-même. Maman a objecté que ce serait trop dur, tandis que Théo a supposé que ça nous permettrait d'avancer. Concernant Maman, je ne pensais pas qu'elle se sentait si mal et que c'était plutôt moi qui devait avancer, mais j'expliquerai ça après.

Hier, Maman et moi sommes passés au cimetière. C'était horrible mais, en même temps, je n'arrêtais pas de me dire que Lucie avait été une sœur formidable et que ce n'était pas parce que j'utilisais l'imparfait pour parler d'elle que ce n'était plus ma sœur.

Bref, ce matin, je me suis levé vers cinq heures. Maman traînait au lit et Théo est reparti hier soir pour affronter son père, qui lui reprochait de découcher trop souvent. Théo m'avait embrassé en partant. Et ça ressemblait à un je t'aime, même si ce n'en était pas un. Et, moi-même, je ne savais pas si je pouvais lui dire que je l'aimais. C'était comme si c'était un sentiment tellement personnel que je n'aurais pas pu le décrire justement avec trois pauvres mots. Alors je n'ai rien dit et je suis resté sur mon fauteuil, à le regarder s'en aller en voiture à l'autre bout de la ville.

Alors, ce matin, quand je me suis réveillé, j'ai attendu dans le canapé-lit que Maman descende de sa chambre. J'avais peur de lui demander de nous séparer du lit aujourd'hui, j'avais peur que les mauvais souvenirs resurgissent et que je finisse par me laisser mourir sur la pelouse de la gare.

Mais j'ai essayé d'être fort, futur Léo. Et, sans mentir, ça a plutôt bien fonctionné.

Quand elle est arrivée pour me dire bonjour, je lui ai demandé de s'asseoir à côté de moi. Je savais que ça pouvait la blesser.

« J'aimerais qu'on enlève le lit de l'atelier. Aujourd'hui, ai-je ajouté en baissant les yeux. »

Je les ai entendues avant de les voir. Après avoir baissé la tête et regardé ailleurs, ma mère s'était mise à sangloter. Maman s'est mise à pleurer, futur Léo. Je doute que tu aies oublié ça.

C'était tellement... choquant. Je ne l'avais jamais vue pleurer pour la mort de Lucie, je ne l'avais jamais vraiment vue pleurer tout court.

Même lorsque je m'échappais sur la pelouse de la gare, qu'elle était inquiète, elle n'avait jamais pleuré de peur en me retrouvant. J'imagine qu'elle faisait son rôle de mère forte et stable.

Mais là, en souhaitant enlever le lit de Lucie, c'était plus fort qu'elle. Je comprenais.

« Maman, je suis désolé. Je ne voulais pas te faire pleurer, je...

— Ne t'excuse pas. C'est juste que... la laisser partir, comme ça... »

Je me suis mis à pleurer moi aussi. Quelques larmes sont venues rouler sur mes joues, car enlever le lit, c'était comme chasser Lucie hors de notre vie. C'était tout ce qu'il nous restait d'elle : son lit avec son matelas, son oreiller, ses peluches, ses draps. J'aurais vraiment voulu qu'elle soit vivante, qu'on n'ait pas à enlever son lit... mais comme me l'avait stipulé Théo, il était temps d'avancer. J'avais besoin de faire mon deuil une bonne fois pour toute, j'avais besoin de, justement, la laisser partir.

Même si c'était douloureux.

Même si c'était inimaginable.

« J'aurais tellement aimé que Lucie soit là. » ai-je murmuré.

Je pense que prononcer son prénom à voix haute devant elle a aidé Maman à se décider.

« Moi aussi. Mais ce n'est pas possible. Et je comprends ton envie d'enlever le lit, je ne veux pas que tes souvenirs à propos d'elle restent négatifs. Théo et toi avez raison, Léopold, il faut avancer. »

Je ne lui ai pas fait remarquer qu'elle n'avait pas utilisé mon diminutif. Je pense que, pour la réconforter, c'était mieux que je la laisse se souvenir que j'étais son bébé. Et son bébé était né Léopold, pas Léo tout court.

Alors voilà, ce dimanche, nous avons fait ce que nous n'aurions pas cru possible quelques jours auparavant. Maman m'a aidé à aller à l'étage et nous avons démonté le lit de Lucie. Ses mille et une peluches différentes ont trouvé leur place dans un carton, tandis que le lit en lui-même s'est retrouvé à la benne à ordures. Nous avons beaucoup pleuré en rangeant ses doudous, mais il le fallait.

Quand l'ancienne troisième chambre a été vidée de Lucie, elle ressemblait totalement à un atelier. Je me suis souvenu du Cri de Munch que j'avais peint en posant mon regard sur mon bureau donc j'ai attendu que Maman parte de l'atelier, j'ai été le prendre, je l'ai déchiré, puis je l'ai mis à la poubelle ; ça a été libérateur.

Ensuite je suis allée rejoindre Maman (en descendant les escaliers assis), le cœur plus léger, mais pas totalement guéri. Car ça ne pouvait pas se faire juste en jetant trois morceaux de bois qui représentaient une vie.

J'ai envoyé un message à Théo en lui disant que c'était fait, qu'on venait de laisser partir ma sœur. Qu'on venait de lui dire adieu, en quelque sorte, mais un adieu qui nous permettrait d'avancer. C'était sans doute le mot le plus important de ces derniers jours : avancer. Car ce qui s'est passé a déterminé le présent, mais ce qui se passera est encore à définir. Car nos vies deviendront vieilles avec nous, mais que ce qui compte est d'avancer.

Théo m'a répondu illico : Tu veux que je passe ?

Je lui ai envoyé un émoticône avec un pouce en l'air pour lui répondre par l'affirmative, puis j'ai attendu en restant sur le canapé convertible que ma mère avait remis en position divan. J'ai regardé le cactus en plastique posé sur la table basse que Théo m'avait offert, me disant qu'il fallait que je le mette dans ma chambre, puis j'ai entrepris de faire mes exercices d'allemand.

Pendant que je me battais avec une désinence, Théo a sonné et Maman est allée lui ouvrir. Il l'a saluée, en garçon bien élevé, puis est venu me voir. Quand il s'est penché pour m'embrasser, j'ai tourné la tête.

Wow ; qu'est-ce que tu es doué pour ne pas montrer ce que tu veux, Léo.

« Désolé, ai-je murmuré à Théo avec un regard d'excuse. J'ai...

— Paniqué ? a-t-il dit en plaisantant. Je te donne une deuxième chance. »

Il s'est penché à nouveau et, là, en me souciant de ma mère qui nous regardait, j'ai voulu tourner la tête une deuxième fois mais ça n'aurait pas été correct. Alors je l'ai laissé furtivement poser ses lèvres sur les miennes avant de me reculer.

Il a souri en constatant ma gêne manifeste, puis il m'a porté jusque l'atelier, a ramené mon fauteuil et nous avons admiré l'absence du lit de Lucie.

« Tu dors bien, Léo ?

— Eh bien ce n'était pas mon lit, donc je dois sûrement dormir aussi bien qu'avant.

— Je voulais dire, avec ton bras et ta jambe cassés, ton visage... Tu ne fais plus de cauchemars ?

— Oh, tu sais, ce n'est pas si grave, ce n'est pas comme si on m'avait cassé une côte. Là, pour dormir, je pense que ce serait plus compliqué. Et les cauchemars, ils disparaissent parfois, d'autres fois ils sont bien présents. Tout dépend. »

Même s'il fallait remarquer que je n'avais plus fait de mauvais rêves depuis au moins trois jours, il fallait remarquer que j'avais toujours des réveils nocturnes, laps de temps que je passais à faire des recherches sur Wikipédia.

« Merci de t'en inquiéter.

— C'est normal. »

C'était sincère.

Nous sommes restés un moment, les yeux dans les yeux, avant que je ne détourne la tête. C'était bizarre, d'être avec Théo. Je veux dire dans le sens de sortir avec lui. C'était comme si j'étais attaché, sauf que je ne m'en rendais pas encore compte. J'ai conscience que la métaphore montrerait un enchaînement, mais j'ai vraiment l'impression d'être attaché. Quelque part, ça montrerait aussi que je l'apprécie.

« Est-ce que ça te dirait de venir chez moi ? a-t-il soudainement dit.

— J'y suis déjà allé.

— Certes. D'y retourner, alors.

— Je ne veux pas t'embêter.

— Tu ne m'embêteras pas.

— Et, aussi, je n'ai pas envie que ton père...

— Je m'en fiche, de mon père. De toute façon, il n'est pas obligé de savoir que tu es là. »

J'ai acquiescé, même si je n'étais pas convaincu par cette technique. Il a ensuite demandé :

« Est-ce que ça te dérange de dormir dans mon lit ? Car je pourrais pas trop ramener de matelas si tu n'es pas censé être là...

— C'est que... Je ne suis pas prêt à... »

On aurait cru entendre une gamine de ces films à l'eau de rose mais c'était on ne peut plus clair. Je ne suis pas un garçon facile, même si je dois avouer que s'imaginer des choses ne doit pas être aussi plaisant que de les vivre et me les imaginer uniquement va finir par me rendre dingue.

Théo m'a regardé fixement en fronçant les sourcils.

« Donc, pour toi, je ne souhaite que ça ?

— Je ne dis pas ça...

— Ça se ressent clairement pourtant. »

Son ton était devenu froid, voire même glacial si on prenant en compte la pause qu'il avait faite après l'adverbe.

« Théo, c'est juste que je ne sais pas comment ça fonctionne...

— Je sais. Mais ce n'est pas une raison pour croire que je ne veux que coucher avec toi. »

Il avait beau avoir un ton froid, les mots « coucher avec toi » avaient fait leur écho en moi. J'ai beau paraître innocent, je sais que si je me laisse aller, avec une personne en qui j'ai confiance bien évidemment, cela pourrait aller loin. Je ne dis pas que je suis une bête de sexe mais juste que, comme n'importe qui, cela m'attire. C'est humain.

Pour rattraper le coup, je lui ai révélé :

« J'en ai envie. Mais je ne suis pas prêt. »

Il a semblé se radoucir.

« On a tout notre temps. »

Il en semblait persuadé. Moi, je me disais juste que notre relation n'allait pas durer, même si je souhaitais le contraire plus que tout. Je voulais juste ne pas trop être blessé quand Théo se rendrait compte que je ne le méritais pas.

Car évidemment que ça allait se terminer ainsi. Il faudrait alors tout reprendre à zéro.

En espérant que tout roule pour toi/moi,

Léo

seizièmelettre

Samedi

Cher futur Léo,

Je n'ai pas écrit depuis presque une semaine car tout allait plus ou moins bien.

Ceci est un mensonge.

Non, en réalité, je n'ai pas écrit car j'ai passé mon temps avec Théo, à batifoler si je puis dire. Après le lycée, nous nous rejoignions à la pelouse de la gare et je lui parlais de toutes les personnes qui y passaient. Je crois même l'avoir entendu dire, une fois, que Madame Jacques le détestait quand il était au lycée au moment où il l'a aperçue aller à la gare.

Bref, j'ai passé une semaine d'enfer. Mais, bien évidemment, ça ne pouvait pas durer.

'Faut pas déconner.

Alors, Théo et moi avions convenu que j'allais venir vendredi, soit hier, et ça aurait pu entièrement et extrêmement bien se passer si... oui, tu t'en doutes : s'il n'y avait pas eu son père.

Bref, je parlerais de ça plus tard car là, bonjour l'anachronisme. En plus, ce que j'ai à dire est difficile à écrire car j'en suis encore... comment dire... tout retourné.

BREF.

Alors voilà, j'ai terminé les cours à dix-sept heures et Théo est venu me chercher. Il avait ses éternelles lunettes de soleil et j'ai enfin compris pourquoi il les portait même par temps pluvieux : pour ne pas se faire éblouir par les flashs des téléphones lorsqu'on le prenait en photo à son insu. Je me suis souvenu que l'interview tournée la semaine dernière était passée à la téloche la veille, donc ceci expliquait cela.

J'ai eu du mal à aller jusque la place du mort car une dizaine de filles avaient reconnu la voiture qui venait me chercher de plus en plus souvent, et elles étaient bien décidées à obtenir une photo de Théo. J'ai essayé de ne pas être jaloux puis je me suis rappelé qu'il n'aimait pas les filles. Puis je me suis dit que ça ne voulait rien dire car, moi-même, je pensais ne pas aimer les garçons et, eh, avec qui j'étais ?

Théo est sorti de sa voiture et a pris une ou deux photos sur le chemin pour venir m'aider. Il a pris ma main, devant tout le monde, et j'ai souri. Depuis une semaine, Théo m'avait dit que quelques rumeurs traînaient à mon sujet, car j'étais souvent avec lui. Mais nous ne faisions rien de bien folichon, il se contentait d'être à mes côtés, jamais nous ne nous étions embrassés en public ; sauf devant Maman. Donc, là, qu'il prenne ma main devant toutes ces personnes, c'était incroyable. Incroyable.

Aussitôt, une fille que je ne connaissais que de vue a dit :

« Léo, tu sors avec Théodore ? Le chanteur d'Aro ?! »

Puis une autre a ajouté :

« C'est trop mignon ! »

Et une troisième :

« Je ne savais pas que tu étais gay ! »

Moi, le seul truc que j'ai réussi à retenir, c'est qu'une d'elle avait appelé Théo, mon Théo, Théodore. C'était quoi cette histoire ? C'était son nom de scène, ou bien... son véritable prénom ?

J'ai dû le regarder avec insistance car il m'a ouvert la porte, comme pour que nous soyons seuls et qu'il puisse s'expliquer. Une fois que j'ai été assis et que mon fauteuil a été plié, Théo a dû retourner à sa place de conducteur et, là, il a encore été obligé de prendre la pose. Il faisait ça bien, n'empêche. Il était beau.

Quand il a eu fini de se faire prendre en photo, Théo est venu s'asseoir à côté de moi. Il a demandé aux filles de se pousser du capot de la voiture pour pouvoir avancer, puis nous sommes partis du lycée. Il était déjà dix-sept heures vingt.

« Donc tu t'appelles Théodore.

— Pas vraiment.

— C'est ton nom de scène alors ?

— Pas vraiment non plus.

— Alors quoi ?

— C'est un peu des deux, a-t-il murmuré en tournant après un feu. Mes amis m'appellent Théo. Pour ma famille, les fans, tout le reste, c'est Théodore. »

Je me suis dit que c'était bizarre, mais bon, ce n'était pas plus bizarre que de se faire appeler Léo par sa propre mère alors qu'on était né Léopold. Enfin, techniquement, on ne naît pas avec un prénom, mais tu as saisi le principe, non, futur Léo ?

« J'aime bien ce prénom. Théodore, je veux dire.

— Ne m'appelle pas comme ça, s'il te plaît. Tu me ferais croire que je ne suis rien pour toi.

— C'est le sentiment que tu as avec tes parents ? ai-je demandé en remarquant qu'il se garait.

— Parfois, oui. »

Nous sommes sortis de la voiture, je me suis installé dans mon fauteuil et Théo m'a poussé jusqu'au côté droit de la maison devant laquelle nous étions garés. Il s'est arrêté à côté d'une fenêtre visiblement à peine assez grande pour que je puisse entrer.

« Il faut que tu passes par là. » a-t-il précisé inutilement.

Je me suis dit que ça ne fonctionnerait jamais. Jusqu'à ce que je sois passé, pour arriver dans la chambre de Théo. Il m'a ensuite donné mon fauteuil et j'ai attendu qu'il passe mais il a dit :

« Je te rejoins par la porte d'entrée. »

Effectivement, ça paraissait plus logique s'il voulait que son père sache où il était. J'avais tendance à ne pas trop réfléchir avec Théo.

Alors voilà, j'étais dans sa chambre. J'y étais déjà venu, mais excepté son bureau mal rangé, je ne me souvenais pas de grand-chose. Il faut dire que j'étais en pleine crise lorsqu'il m'avait emmené ici, je n'étais pas en pleine possession de mes moyens, donc il n'y avait aucune chance que je me remémore son lit fait au carré, son étagère de livres sur la musique et, surtout, sa collection de guitares accrochée au mur. La plus belle, selon moi, était une électrique noire et blanche, qui ressemblait à celle que les rockeurs avaient. Du moins, celle qu'ils avaient dans la représentation que je m'en faisais.

Théo a finalement ouvert la porte, sa guitare acoustique sur le dos. Il a posé un doigt sur ses lèvres, me faisant signe de ne pas parler, puis il a fermé la porte à clef. J'aurais voulu lui dire que je n'aimais pas du tout que sa porte soit fermée comme ça mais il était évident que ce serait plus pratique si jamais son père toquait à la porte, ce qui était fort probable.

Il a posé l'étui contenant sa guitare acoustique contre le mur puis s'est approché de moi.

« Pour manger, j'irai prendre des chips, ça t'ira ?

— Tu as une conception étrange du repas. »

Il m'a volé un baiser.

« Vivre d'amour et d'eau fraîche, c'est mon but dans la vie.

— Apporte beaucoup d'eau alors. »

Il a levé les yeux au ciel, avant de s'allonger dans son lit deux places.

« Et moi ? ai-je dit, prétendant être offusqué.

— Roule jusqu'au lit et je t'aide. »

J'ai donc fait ainsi pendant qu'il retirait ses chaussures à l'aide de ses pieds, puis il m'a aidé à m'allonger. On est restés un moment sans parler, avant que je n'enlève mes chaussures, et j'avais tellement envie de l'embrasser que je l'ai fait. Il a répondu à mon baiser et ça n'en finissait plus. Avec mes deux plâtres, c'était compliqué de me mettre sur le côté alors il s'est mis au-dessus de moi. C'était magnifique. Il était magnifique.

De fil en aiguille, il s'est désintéressé de ma bouche et a posé ses lèvres sur ma mâchoire, mon cou, et je n'ai pas pu m'empêcher de penser que ça y était. Que ça allait déraper. Qu'on allait le faire, là, tout de suite, maintenant, alors que je lui avais clairement dit que je n'étais pas prêt.

« Théo...

— Oui ? »

Il s'était momentanément arrêté dans ses baisers et ses caresses, et pour cause : mon ton ne laissait rien présager de bon.

« Je ne...

— Je sais, a-t-il répondu en replaçant une mèche de cheveux qui tombait sur mon front. Mais on peut faire d'autres choses... »

Tout ce qui m'est passé par la tête, c'est que, contrairement au laps de temps durant lequel la situation incongrue avec Gladys s'était déroulée, cette fois-ci ÇA (et je dis bien ÇA) était présent. Hors de question que j'écrive le mot, futur moi ; tu peux te brosser si tu comprends pas.

Bref. C'était hyper gênant car je voyais très bien ce que Théo voulait dire par autre chose sauf que, même si j'en avais envie, j'étais incapable de répondre par l'affirmative. Alors Théo a attendu quelques secondes et, prenant ça pour un non, m'a embrassé et s'est allongé de nouveau à côté de moi.

« Théo je...

— Je comprends. »

Et, au son de sa voix, j'entendais qu'il comprenait en effet. Mais il n'avait rien compris.

Le hic, dans tout ça, c'est que j'en avais envie.

Et que je ne savais pas comment le formuler.

« J'aimerais... faire... d'autres choses... suis-je parvenu à dire.

— D'accord, genre jouer aux dominos ça te dirait ? »

Je l'ai regardé avec de gros yeux car, soit il faisait clairement exprès pour que je m'affirme, soit il était carrément ailleurs. Puis, en voyant mon regard, il a dit :

« Ah, pardon ! D'autres choses, d'accord, oui. »

Il a eu la gentillesse de ne pas préciser sa pensée à haute voix. Au lieu, de ça, il l'a fait. Il l'a fait.

Il m'a déshabillé, lentement, sûrement, puis j'ai copié ses gestes pour faire de même (je n'avais pas envie d'être le seul dénudé et, aussi, voir Théo a été très... agréable). J'avoue cependant, qu'avec mes plâtres, c'était de l'ordre de la difficulté extrême.

Heureusement que personne ne lira ces lettres car sinon je ne pourrais pas dire à quel point il a été doux et attentionné. Il m'a embrassé, encore et encore, et a répété que j'étais magnifique alors que la seule chose que je voulais c'était me terrer sous la couverture. Sauf que ça aurait été moins pratique pour la suite.

J'aurais aimé lui rendre la pareille, vraiment, or ça aurait été trop brutal pour moi. J'avais envie de l'entendre gémir et d'être la source de ça, mais j'avais peur de ne pas être à la hauteur. Au moment où je... finissais, on a essayé d'ouvrir la porte.

Merde.

MERDE.

Tu vois quand j'ai dit que ma semaine aurait pu être une semaine d'enfer, sauf que le père de Théo existe ? Bah voilà. On y est. La semaine d'enfer s'est transformée en soirée aux Enfers.

Théo a avalé sa salive (je précise, à toute fin utile) et nous nous sommes regardé intensément avant que la personne derrière la porte ne dise :

« Théodore ? Pourquoi as-tu fermé la porte ? »

Il n'y avait pas de doute possible : c'était une voix masculine. Théo a semblé passer de la surprise à la panique en deux centièmes de secondes chrono et il a commencé à se rhabiller pendant que j'essayais de faire de même.

« Théodore !

— Deux secondes ! »

Sa voix était pressante et anxieuse. Quand il a eu fini de s'habiller, il m'a aidé à faire de même puis m'a caché dans son placard. Il a pensé à planquer mon fauteuil sous le lit (merci Dieu) avant d'ouvrir la porte. Mais ça n'a pas suffi.

J'ai à peine eu le temps de me dire que je n'étais donc plus vierge de toute pratique que le père de Théo ouvrait le placard. Je ne l'avais même pas entendu approcher alors, forcément, j'ai été quelque peu surpris quand il a baissé le regard vers moi. J'étais assis, recroquevillé parmi les vêtements, et j'admets que j'aurais préféré ne pas rencontrer son père ainsi, ou ne pas le rencontrer tout court.

La rage est rapidement montée, j'ai vu ses sourcils se froncer et j'aurais préféré ne jamais être venu. J'ai baissé le regard, me sentant fautif d'être là alors que je n'avais même pas demandé la permission, puis je les ai relevé quand son père a fait volte-face. Et là, là... Il a collé la plus grosse baigne que j'ai jamais vue à Théo. Mais, genre, c'était tellement violent que Théo s'est cogné la tête contre le mur en tombant. J'ai hurlé « THÉO ! » mais personne n'a fait attention à moi. Ledit Théo se relevait, essuyant des larmes de rage et de douleur sur sa joue, tandis que son père appelait sa femme en témoin.

Elle est arrivée, fronçant les sourcils étant donné le ton qu'avait employé son mari, puis quand elle m'a vu dans le placard, à moitié caché sous les vêtements pendus au-dessus de moi, elle a soupiré. Puis elle a dit :

« Georges, ne recommence pas devant lui. »

J'ai donc supposé que Théo s'était déjà fait prendre avec quelqu'un dans son placard, et que son père avait peut-être déjà frappé Théo.

C'est à ce moment-là que je me suis rendu compte que sa famille était grandement toxique.

« Emmène-le. » a-t-il répliqué à sa conjointe.

Il devait parler de moi car la mère de Théo m'a fait un signe de tête pour que je sorte. Je le sentais tellement mal pour Théo, mais tout ce que j'ai réussi à dire c'est :

« Mon fauteuil. J'aurais besoin de mon fauteuil. »

J'avais la voix qui tremblait. Mon regard s'est posé sur le lit, faisant comprendre à sa mère qu'il était quelque part par là. Pendant qu'elle se penchait pour le récupérer, j'ai vu le regard que Théo me lançait. Il avait l'air de dire « ne m'abandonne pas » et je ne voulais pas le laisser là cependant, avec mes plâtres, comment j'étais censé faire opposition à son père ?

Quelque part, j'espérais que Théo saurait gérer la situation. Par exemple, s'enfuir par la fenêtre ou répondre à son père. Or j'avais l'impression franche que Théo n'avait pas autant de répondant avec son père qu'avec les autres.

La mère m'a donné mon fauteuil, je suis parvenu à monter dessus, et j'aurais pu jurer que ce qui allait advenir de Théo si je quittais cette pièce ne serait pas beau à voir. Alors je n'ai pas bougé quand la mère de Théo m'a dit de la suivre, d'un ton autoritaire.

Je sentais que l'insolence qui sommeillait en moi se réveillait, or je savais que ce n'était vraiment pas la solution pour que Théo et moi nous en sortions indemnes. Alors j'ai attendu que le père parle :

« Jeune homme, c'est le moment de partir. Joséphine, emmène-le ou c'est moi qui le fais. »

Alors elle est venue derrière mon fauteuil et m'a poussé hors de la pièce, malgré mes chaussures qui essayaient désespérément de freiner notre progression.

« Théo ! » me suis-je exclamé, les yeux écarquillés en le regardant.

La porte s'est refermée derrière ladite Joséphine, et j'aurais pu jurer avoir entendu la clef tourner dans la serrure.

Je ne peux pas continuer à écrire, ça devient trop dur. Je te rassure, ça s'est amélioré vers la fin. Je veux dire par là que quelqu'un a réussi à sauver Théo. Mais pour l'instant repenser à tout ça est beaucoup trop difficile, je continuerai plus tard.

Léo

dix-septièmelettre

Samedi

Cher futur Léo,

Je me rappelle m'être arrêté sur le fait que quelqu'un avait réussi à sauver Théo. Prépare-toi bien si tu ne t'en souviens pas : c'était Matthias. Et quelqu'un d'autre, c'est vrai, mais sans lui ça aurait été impossible.

Alors quand la mère de Théo m'a « gentiment » emmené dehors, déjà je me suis demandé si elle avait un cerveau pour penser que j'allais rentrer « à pieds » avec mon fauteuil, puis je me suis vraiment empêché d'aller à la fenêtre de la chambre de Théo car, de toute façon, je n'aurais pas su quoi faire. J'ai pris mon téléphone et je suis tombé sur le dernier numéro appelé : Matthias. Je ne l'avais pas enregistré en contact sauf qu'excepté Théo et ma mère, je n'appelais personne, alors c'était forcément lui.

Sans réfléchir, j'ai appuyé sur son numéro pour l'appeler.

« Allô ? Qui est-ce ?

— C'est Léo.

— Si tu veux que je vienne te chercher c'est non. Je veux bien être gentil mais faut pas pousser.

— Non, ce n'est pas ça... Il faut que tu viennes chez Théo, vite, il a des ennuis avec son père. »

Il y a eu un temps de pause, signe qu'il enregistrait l'information je suppose.

« Je ne te demanderais pas ça si j'avais une autre solution. Il doit être en train de le tabasser à mort si ça se trouve et je peux rien faire...

— Oh, calme-toi. Peut-être qu'ils discutent tout simplement...

— Il l'a frappé.

— Ok. J'arrive tout de suite. Surtout n'entre pas. »

Son ton était directif, mais je sentais qu'il était inquiet.

Je suis resté quelques minutes sans savoir quoi faire, puis Matthias est arrivé. Il avait l'air d'avoir demandé à un de ses potes de venir, et le pote en question était Hugo. Je me suis dit que c'était une bonne idée car Matthias était à peu prêt aussi costaud que moi, c'est-à-dire complètement insignifiant niveau force.

« Ils sont où ? a demandé Matthias.

— Dans la chambre de Théo. » ai-je répondu d'une petite voix.

Hugo a suivi Matthias, qui se dirigeait vers le côté de la maison où la fenêtre de Théo s'ouvrait. J'ai roulé jusqu'à eux et j'ai vu Hugo et Matthias entrer alors que le père de Théo lui donnait une gifle. Et d'après la couleur de la joue de Théo, ce n'était pas que la deuxième.

Son père a paru très surpris quand Hugo et Matthias se sont interposés entre eux deux. Théo aussi, d'ailleurs. Il regardait Matthias comme si c'était son héros et j'avoue que, l'espace d'un instant, j'ai été super jaloux. Puis je me suis dit que ce n'était vraiment pas le moment.

Je ne saurais pas comment décrire ce qui s'est passé. Le père a hurlé qu'il était ici chez lui, Théo a pris soin d'attraper sa guitare et son sac de cours et Hugo a plaqué le père au mur pour lui dire :

« Vous touchez encore à un de ses cheveux et vous êtes mort. »

Quand Hugo l'a lâché, il était littéralement rouge de rage et il a failli répliquer mais Hugo a attrapé son bras en plein vol si je puis dire.

« Ça n'a pas l'air clair pour vous mais c'est valable pour moi aussi. »

Il a lâché son bras et est ressorti, Matthias et Théo devant lui. J'ai pris le temps de détailler Théo : il avait du sang qui coulait de son nez, la joue gauche complètement rouge et des larmes sur ses cils.

Et là, il s'est mis à avancer vers sa voiture sans un regard en arrière et s'est assis à la place du conducteur. J'ai eu un instant peur qu'il démarre et parte sans moi mais au lieu de ça il nous a fait signe de nous dépêcher.

Alors Hugo m'a poussé jusqu'à la voiture, m'a aidé à m'installer à l'arrière et est monté à côté de moi car Matthias s'était attitré la place du mort, ma place.

Théo a à peine attendu que les portières soient fermées pour démarrer en trombe.

« Où va-t-on ? ai-je demandé pendant nous roulions.

— Léo, je te dépose chez toi. »

J'ai voulu protester car je ne voulais pas qu'il reste seul avec Matthias (oui, j'avais oublié Hugo) mais je n'ai pas su. Je me disais qu'il avait besoin de rester avec quelqu'un qu'il connaissait bien et que ce type, ce n'était pas moi.

« Hugo, Matthias, je vous laisse là ? »

J'avoue, j'ai jubilé quand il a arrêté la voiture devant une résidence pavillonnaire.

« Théo, tu es sûr que ça va ? a demandé Matthias. Qu'est-ce que tu vas faire ?

— Je vais... Je ne sais pas. On verra.

— Théo, tu ne peux pas passer ta nuit dans ta voiture.

— Bon écoute Matthias, ça va, ok ? J'ai juste besoin de me retrouver seul et là tu ne m'aides pas. Merci d'être venu me chercher, je ne vous remercierai jamais assez, mais j'aimerais être au calme maintenant. »

J'ai failli sourire mais je me suis retenu. Ça n'aurait pas été correct.

Alors Hugo et Matthias sont descendus, Théo les a encore remerciés et il a conduit jusque chez moi sans plus de cérémonies.

« Tu veux dormir à la maison ? ai-je proposé.

— Je ne voudrais pas abuser de ta gentillesse. D'ailleurs, merci d'avoir appelé.

— Je n'allais pas t'abandonner. »

Il s'est garé à deux pâtés de maisons de chez moi et a sorti mon fauteuil pour que je m'y installe. Une fois cela fait, il s'est penché vers moi et m'a embrassé. Il avait le goût de sang.

« Viens, il faut qu'on te soigne.

— Je te dis que ça va aller.

— Suis-moi. » lui ai-je ordonné en roulant jusqu'au perron de ma maison.

Nous sommes entrés dans ma maison. Il y avait encore de la lumière dans le salon, j'ai supposé que Maman était soit encore debout, soit qu'elle avait oublié d'éteindre la lumière.

C'était la deuxième supposition : elle dormait sur le canapé, la télévision encore allumée. J'ai éteint celle-ci puis j'ai dit à Théo d'aller chercher la trousse à pharmacie dans la salle de bain, à l'étage. Au bout d'un moment, il est revenu avec notre fameuse boîte pleine de pansements et d'autres choses. Nous sommes allés dans la cuisine pour ne pas réveiller Maman, puis il s'est assis pour se mettre à ma hauteur.

Son nez ne saignait plus mais avait sali son tee-shirt, alors j'ai juste nettoyé sa peau avec une compresse stérile et du désinfectant. J'ai essayé de ne pas trop appuyer sur son nez puis j'ai mis de la crème hydratante sur sa joue toujours rougies. Qu'est-ce que faisait la crème hydratante dans la trousse à pharmacie, je n'en sais rien, cependant je ne voyais pas trop quoi mettre d'autre sur sa peau.

Bref, j'ai aussi désinfecté la petite plaie qu'il avait sur son crâne, sûrement apparue quand sa tête avait heurté le mur, et je lui ai dit :

« Voilà. Si jamais ça empire, on appellera l'hôpital.

— Ça n'empirera pas. »

Il disait ça comme s'il avait une sorte d'habitude atroce de se faire frapper. Étrangement, je me suis senti proche de lui. Mon père ne m'avait pas frappé pour les mêmes raisons, cependant je savais ce que c'était de se retrouver aussi vulnérable. Mais j'avais toujours eu Maman pour m'épauler quand ça n'allait pas. Alors que la mère de Théo... n'avait pas l'air en désaccord avec son père.

« J'ai une question, Théo.

— Oui ?

— Pourquoi ta mère n'a rien fait ? »

Il est resté quelques secondes muet puis m'a dit :

« Je vois où tu veux en venir Léo. Mais ma mère n'est pas comme la tienne. La mienne, c'est la même enflure que ce qui me sert de père. Elle ne m'a jamais frappé car elle n'a aucune force mais si elle le pouvait... ah, elle ne s'en priverait pas, crois-moi. J'ai jamais vraiment eu de famille aimante. »

J'ai dû sembler sur le point de lâcher une larme car il a dit :

« Ne pleure pas, ça me va. On choisit pas sa famille mais j'ai choisi mes amis. Mes amis sont la famille que je n'ai jamais eue. »

Je me suis dit qu'on avait là deux schémas bien différents : au lieu de se renfermer sur lui-même comme moi, Théo avait profité du fait de ne pas avoir choisi sa famille pour choisir ses amis alors que je n'avais rien choisi du tout (même si, ceci dit, j'ai encore ma mère et qu'elle est hyper sympa).

« Tes parents... ils font souvent ça ?

— Honnêtement, non. La dernière fois, ça devait être quand Matthias est venu chez moi pour la première et dernière fois. Mais ce coup-ci, personne n'est venu me sauver. Matthias ne savait pas ce que mon père allait faire. Il n'a compris qu'après, quand je me suis ramené avec un œil au beurre noir le lendemain. »

Il y a eu une pause. J'ai baillé, peu élégamment je l'avoue, puis j'ai demandé :

« Tu vois souvent tes amis ?

— Un peu moins depuis que je te connais. Mais ça me va, a-t-il immédiatement ajouté en prenant conscience que j'aurais pu me sentir coupable. »

J'ai baillé une nouvelle fois, signe qu'il était temps d'aller dormir.

« Allez, c'est l'heure, a plaisanté Théo. Il faut que le jeune Léo ait ses huit heures de sommeil.

— Quoi ? Tu ne dors jamais huit heures, toi ?

— Pas le temps, avec le groupe, les cours... D'ailleurs, c'est bientôt le bac non ? »

J'ai mis quelques instants à capter de quoi il me parlait. Depuis qu'il existait dans ma vie, Théo avait changé l'ordre de mes priorités alors, franchement, mes examens... oui, je les avais oubliés.

« Je te rappelle de mauvais souvenirs, on dirait. »

Ça le faisait marrer apparemment. Sauf que moi beaucoup moins. On devait être fin mai et... je n'avais toujours rien bossé. Les contraintes de la vie réelle m'avaient échappé cependant, en quelques secondes, elles m'ont rattrapé.

« Il faut que je bosse.

— Belle conclusion, jeune homme. »

C'était ma mère qui venait de parler. Manifestement, elle était toujours là au bon moment.

« Je croyais que vous dormiez chez Théo ? nous a-t-elle interrogés.

— Ce serait possible que Théo reste un moment à la maison ? ai-je demandé en paniquant face à la question de ma mère.

— Qu'est-ce qui s'est passé ? »

Elle avait l'air alarmée. Il faut dire que Théo était alors de dos et venait juste de se retourner, une compresse ensanglantée dans une de ses narines, une joue complètement bleuie...

« Maman, on peut t'expliquer ça plus tard ?

— Il est déjà suffisamment tard je trouve. Tes parents sont au courant que tu es là, Théo ?

— Il ne vaut mieux pas pour moi.

— C'est-à-dire ? »

N'entendant aucune réponse, elle a insisté auprès de moi :

« Léo ? Je m'inquiète ! »

Je ne savais pas si j'avais le droit de le dire, alors j'ai dit :

« C'est vrai qu'il y a de quoi s'inquiéter, mais... ne t'inquiète pas. »

Je me suis demandé si quelqu'un avait déjà réussi à rassurer sa mère comme ça. Je me suis dit que non, ce n'était pas possible.

« Mes parents sont toxiques. C'est pourquoi, et je suis désolé de vous demander ça, j'aurais vraiment besoin d'un endroit où dormir pendant quelques jours.

— Qu'entends-tu par « toxiques » ?

— C'est mon père qui m'a fait... ça. » a-t-il murmuré en montrant son visage.

Les yeux de Maman se sont écarquillés sous la surprise.

« Pardon ? Comment ça ? Il faut prévenir la police ?

— Non, franchement ce n'est pas la peine. Tout va bien. »

Tout n'avait pas l'air d'aller si bien de l'extérieur mais, bon, j'ai laissé couler. J'ai encore une fois fait comprendre que j'étais fatigué avant que Maman ne dise :

« Tout n'a pas l'air d'aller bien. Mais tu es majeur, et je ne suis pas ta mère, donc je n'ai pas vraiment mon mot à dire. Si tu penses que ça devient grave, Théo, je veux que tu m'en parles.

— Oui, Madame.

— Oh, appelle-moi Anne. Je sens qu'on va se côtoyer encore un moment. »

Puis elle s'est tournée et est partie se coucher. Sa dernière phrase m'est apparue si délicate que j'ai eu un élan d'affection pour ma mère. Si elle disait ça, c'était qu'elle croyait en notre... couple. C'est bizarre d'écrire ce mot, étant donné qu'on n'est pas vraiment un couple. Enfin si. Ce que je veux dire c'est que, quand on dit ce mot, c'est souvent pour des personnes mariées qui vivent ensemble depuis longtemps. Alors que Théo et moi ne sommes pas un « couple longue durée » si je puis dire.

Bref. Bizarre. Mais agréable.

« On va se coucher ? a proposé Théo.

— Ok, mais ne tente rien. Je ne suis pas prêt pour une deuxième fois. »

Il a littéralement explosé de rire.

Bon. Il faut dire que je l'avais habitué à plus de timidité.

Alors nous sommes allés dormir sur le canapé-lit. Cette fois, il ne s'est pas allongé sur le matelas qui était par terre, il est venu se nicher contre moi une fois que nous avions enlevés nos jeans respectifs (j'étais bien trop fatigué pour penser à mettre mon pyjama). On s'est embrassés, on s'est pris dans les bras l'un de l'autre, puis, enfin, on s'est endormis. Et c'était génial d'être là et de dormir ensemble sans la moindre arrière-pensée. C'était génial.

Léo

dix-huitième lettre

Mercredi

Cher futur Léo,

Je me suis mis à bosser mon bac. Genre, sérieusement.

Puisque Théo n'avait plus cours et attendait les résultats de ses partiels, il m'aidait à réviser. Autant dire qu'on aurait pu croire que nos séances de révision n'étaient pas très productives. Ce n'était pas le cas car, déjà, j'étais un élève studieux. De plus, Théo avait trouvé un moyen bien à lui de me motiver : dès que je donnais une bonne réponse, il m'embrassait. À un moment, j'ai eu peur que nos baisers se « banalisent », c'est-à-dire qu'ils n'aient plus la même signification qu'avant. Mais franchement, comme le dirait mon prof d'anglais, who cares ? J'étais avec Théo et j'adorais l'embrasser donc pourquoi m'astreindre à ne pas le faire sous prétexte que ça aurait pu être moins fort, alors que ce n'était aucunement le cas par dessus le marché ?

Bref, j'ai travaillé mon bac de six heures du matin (je n'avais pas beaucoup dormi) jusque huit heures du soir le dimanche. Au bout d'un moment, Théo est parti dehors pour faire un peu de guitare car, les révisions, il avait donné, puis quand il est revenu, je n'avais envie que d'une chose : sortir. Sauf que je me suis contraint à réviser et, après, il était trop tard pour mettre le nez dehors.

Cette séquence s'est reproduite chaque jour jusque aujourd'hui. Aujourd'hui, j'ai décidé de faire une pause. Sauf que lorsque j'ai décidé ça, Théo dormait encore alors que j'avais envie de passer tout mon temps avec lui. J'ai songé à le réveiller mais il était trop tôt pour lui, donc je suis allé sur Wikipédia avec mon téléphone.

Quand soudain, j'ai entendu vibrer. J'ai distraitement regardé d'où ça venait et mes yeux ont atterri sur le téléphone de Théo, qui affichait « message de MATTHIAS ».

Ok. Restons calme, me suis-je dit à ce moment-là.

J'ai été en proie à un véritable dilemme. Regarder ou ne pas regarder, telle est la question. Finalement, j'ai opté pour la troisième solution : réveiller Théo et lui dire qu'il avait un message de Matthias. Avec un peu de chance, il comprendrait que je n'étais pas favorable à leur relation amicale.

C'était incroyable que je sois aussi jaloux d'un type qui avait été, à un moment, tout aussi jaloux de moi. Mais bon, le karma, quoi.

Y a que ça.

Donc j'ai réveillé Théo. Au réveil, il était beau, je l'avoue. Même avec sa joue bleue et son œil qui virait au noir. On aurait presque pu croire qu'il venait de la même famille que moi, avec mon bleu immense sur la joue (même s'il s'estompait fortement depuis ces quelques derniers jours).

Bref, il a ouvert un œil, puis deux, et m'a dit :

« Pourquoi je suis debout avant le soleil ?

— Tu as un message. »

Mon ton était glacial, ça a dû lui mettre la puce à l'oreille car il a immédiatement regardé son téléphone. Ou alors il attendait ce message.

« Pourquoi Matthias m'envoie un SMS?

— C'est vraiment une question ? »

Théo s'est détourné de son smartphone pour me regarder fixement.

« Tu me fais sérieusement une crise de jalousie ?

— Non.

— Léo.

— Non. »

C'était juste que je n'aimais pas que son ex communique avec mon petit-ami, surtout car je le savais jaloux. Et si Matthias était jaloux, ça voulait dire qu'il éprouvait encore des sentiments pour mon Théo, non ? Donc j'avais raison de me faire du souci. C'était légitime.

Il a soupiré et a regardé le message. Au fur et à mesure de sa lecture, ses sourcils se fronçaient. Sa tête ne me rassurait pas du tout alors j'ai dit :

« Qu'est-ce qu'il a ce Matthias ?

— Rien. »

Sa réponse était trop précipitée pour qu'elle ne veuille pas uniquement me protéger. Mais me protéger de quoi ?

« Très bien. »

J'ai roulé jusque la cuisine et je me suis fait un énième café. Depuis que j'avais conscience que le bac approchait, j'avais nécessairement augmenté ma consommation de caféine. Et un simple stress supplémentaire suffisait généralement à me faire retomber dans la spirale infernale du café.

Théo m'a suivi.

« Encore un café ? Tu en as vraiment besoin ?

— Pourquoi faut-il toujours qu'on me demande si j'ai vraiment besoin d'un café ? Si j'en fais un, c'est que oui !

— Oh, je pointais juste du doigt le fait que... Laisse tomber. »

C'est ça. J'allais oublier le fait que je n'aurais pas le droit de me faire une boisson chaude pour plutôt me concentrer sur le fait que cet abruti de Matthias avait certainement fait une déclaration d'amour à mon Théo (même si on ne possède personne, j'en ai conscience).

Mais quand bien même Matthias aurait simplement dit une banalité à Théo, j'aurais été tout aussi jaloux.

Comme je ne disais pas un mot et que j'avais les sourcils froncés de contrariété, Théo s'est approché de moi. Il s'est assis sur une des chaises, à côté de moi, pendant que la machine terminait mon café.

« Ça va ?

— Oui. »

Ça n'en avait pas l'air par mon ton et mon visage que je savais fermé mais bon. Autant le tenter.

« Tu sais que, Matthias et moi, c'est de l'histoire ancienne, n'est-ce pas ?

— Hm.

— Tu ne me fais pas confiance ?

— Si. »

Cette fois-ci, c'était sincère.

Je savais qu'après ce qu'il avait vécu la semaine dernière, je n'avais pas le droit de le faire passer par mille et une émotions. Mais j'étais jaloux et je n'y pouvais rien ; j'avais beau me raisonner, je ne supportais pas Matthias. Déjà, il m'avait frappé la première fois que nous nous étions vu. Ensuite... bon, après l'interview chez M6, on ne s'était pas parlés. Mais la semaine dernière, Matthias avait sauvé Théo. Et même si c'était grâce à moi, je n'avais rien fait de concret.

En fait, c'était carrément moi qui avais rapproché Matthias et Théo. Je ne pouvais en vouloir qu'à moi-même.

« Léo, je t'assure qu'il ne m'a rien dit d'ambigu. »

J'aurais voulu qu'il me montre le message mais quel genre de couple aurions-nous été ? Quel genre de petit-ami aurais-je été, plutôt, si je n'avais pas confiance en lui ?

Alors j'ai laissé couler, même si j'étais terriblement jaloux.

« Ok. »

Ma tasse était remplie, alors j'ai pris mon café et j'ai commencé à le siroter, doucement.

J'aurais pu paraître impoli mais je n'en ai pas proposé à Théo. Ce n'était pas car j'étais en colère (même si ça aurait pu jouer dans un autre contexte), mais car il ne buvait pas autant de café que moi depuis que j'avais recommencé. J'en étais à ma première tasse, il attendait généralement ma deuxième portion pour se dire « tiens, c'est l'heure du café ».

Mais quand même, pourquoi ses sourcils s'étaient froncés quand il avait lu le message ? Est-ce que Matthias regrettait de ne plus être avec Théo ? Et, pire encore, est-ce que Théo regrettait de ne plus être avec Matthias ?

Je n'ai pas osé poser la question. J'ai préféré boire mon café plutôt que de commencer à me faire des idées. Spoiler : ça n'a pas fonctionné.

Toute la journée, j'ai essayé de penser à autre chose. Vraiment. J'ai même révisé Freud et son inconscient pour me lancer dans autre chose. Sauf qu'impossible d'oublier que Matthias avait envoyé un message à Théo.

Au bout d'un moment, alors que je travaillais sur la table du salon, Théo s'est levé du canapé, a éteint la télé et est venu m'embrasser.

« Tu vas quelque part ?

— Je vais voir un ami.

— Ce ne serait pas Matthias, cet ami ? »

Je n'avais pas pu m'en empêcher. Je savais que c'était lui, sinon pourquoi ne m'aurait-il pas dit de qui il s'agissait.

Théo n'a pas répondu à la question. Il a juste dit :

« Ce n'est pas car on est ensemble que tu peux te permettre de contrôler ma vie. Ne sois pas comme mon père. »

Et il est parti, avec sa guitare. Au moins, il n'avait pas pris toutes ses affaires en me laissant croire qu'il ne reviendrait jamais. C'était déjà ça.

Franchement, je m'en suis voulu d'avoir réagi comme ça. Mais je lui en ai aussi voulu à lui de me comparer à quelqu'un qui frappe son gosse.

Ok. C'était vrai. J'avais tendance à l'accaparer. Mais de là à dire que je contrôlais sa vie ? Je n'en étais vraiment pas à ce stade.

J'ai passé la journée à travailler. A un moment, j'ai même oublié ce que Théo m'avait dit. Puis c'est revenu encore plus fort et j'ai lâché mes cahiers et ma calculette (après Freud, voici les maths) pour aller m'allonger sur le canapé. J'ai pris mon téléphone, il était huit heures du soir et j'avais un message de Théo qui datait du moment où il était parti : Désolé, j'ai besoin d'air.

Ça avait le mérite d'être clair.

Théo n'est pas rentré de la nuit. J'ai dormi seul dans le canapé-lit et j'ai passé mon temps à pleurer d'être si stupide et de toujours tout foutre en l'air.

En espérant que ça ait changé,

Léo

dix-neuvièmelettre

Jeudi

Cher futur Léo,

Je me suis réveillé avec un noeud au ventre quand mon téléphone a sonné en pleine nuit. J'avais encore des séquelles de mes séances de pleurs intensifs.

Le message provenait d'un numéro inconnu : Bonjour Léo. C'est Valentin, un ami de Théo. Je viens de le récupérer complètement bourré devant chez moi. Je te le ramène ?

J'ai répondu que ce serait mieux que de le laisser dehors et j'ai donné mon adresse.

L'anxiété montait de plus en plus en attendant Théo et Valentin. Quand on a toqué, cette anxiété à explosé. J'ai failli tomber tellement je tremblais. J'avais peur que Théo ait l'alcool colérique et qu'il me jette à la tête tous mes défauts et, surtout, ma jalousie.

En fait, Théo n'avait pas l'alcool colérique du tout.

« Léo, je suis désolé. » a-t-il murmuré en essayant de m'embrasser.

Je me suis reculé. Il puait l'alcool.

« Il n'arrête pas de me parler de toi depuis que je l'ai trouvé, a dit Valentin avec un petit sourire. Je vous laisse. »

J'ai failli lui dire de ne pas me laisser seul avec un Théo bourré mais j'en suis vite venu à la conclusion qu'il était le même Théo que le Théo sobre, avec une odeur étrange en plus.

J'ai fermé la porte à clef et j'ai dit :

« Théo, viens, tu vas dormir. »

Il était quatre heures du matin. Je lui ai pris la main pour l'emmener jusqu'au canapé-lit mais il m'a empêché de le coucher.

« Léo, je crois que je t'aime. Vraiment. »

Ça m'a fait l'effet d'une décharge électrique. On ne se l'était jamais dit de nouveau depuis la première fois, le soir de l'interview d'Aro, jamais verbalement. Généralement, un baiser voulait dire que nous nous aimions, ou bien quand il caressait ma peau, ou bien quand je lui demandais s'il allait bien. Ce genre de choses.

« Non.

— Tu ne m'aimes pas ?

— Bien sûr que... »

Je me suis interrompu dans ma phrase.

« Je ne veux pas que tu sois bourré quand je te dirais ça. Et je veux que tu me le dises quand tu seras sobre. Hors de question qu'on se dise qu'on s'aime alors que tu ne t'en souviendras plus. »

Ça paraissait trop compliqué pour son cerveau envahi par l'alcool alors il a dit :

« Tu ne m'aimes pas.

— C'est pas la question. On verra ça demain. Enfin, dans quelques heures. »

J'ai essayé de le coucher mais il a attrapé ma main et m'a fait basculer sur le lit.

« Léo ?

— Quoi ? ai-je répondu aussi aimablement que possible.

— J'ai envie de toi.

— On ne va pas faire ça maintenant. Ma mère pourrait se lever, en plus tu es bourré... Théo, arrête ! lui ai-je ordonné alors qu'il essayait de m'enlever mon tee-shirt de pyjama.

— T'es pas drôle Léo. J'ai très envie de retirer tes vêtements et de... »

Je n'écrirai pas ce qu'il a dit. Histoire de garder cette lettre la moins osée possible (même si je pense que c'est déjà raté). Il semblait avoir oublié que je n'étais pas encore prêt ; il m'avait déjà fait plaisir une fois, il ne fallait pas abuser des bonnes choses.

« Théo, dors.

— D'accord. »

Théo avait définitivement l'alcool lunatique. Donc il s'est endormi, puis il s'est mis à ronfler. Son téléphone a vibré et a affiché un message de MATTHIAS : La prochaine fois, apporte à manger. Se bourrer la gueule sans manger c'est moyen. PS : tu me manques.

RESTONS CALMES.

C'était quoi ce post-scriptum tout pourri ? Comment ça Théo manquait à Matthias ? Théo n'avait le droit de manquer qu'à moi !

Je l'ai regardé dormir en fronçant les sourcils. Qu'il soit parti chez Matthias, à la limite, ok. Mais que cet imbécile lui envoie un tel message... Non. Vraiment. Ça ne passait pas.

J'ai songé à lui donner un coup pour le réveiller et qu'il m'explique la situation. À la place, comme je me suis dit qu'il serait incapable d'aligner trois mots cohérents, j'ai fixé le plafond pendant de très longues heures. À un moment, je crois que je me suis endormi, sans vraiment en être sûr. Bref.

Quand Théo s'est réveillé, il m'a embrassé et m'a réveillé par la même occasion.

« Purée, j'ai tellement mal au crâne...

— T'iras dire ça à Matthias. »

Il n'aurait pas une seconde de répit de plus. Il avait déjà échappé aux questions cette nuit.

« Je me souviens de rien Léo. Je suis désolé si j'ai dit des trucs horribles.

— Hm.

— Léo, il ne se passe rien avec Matthias. Je t'assure. »

Je n'ai rien répondu.

« Léo ? »

Là non plus. Mauvaise pioche.

« Léo, réponds-moi.

— Qu'est-ce que tu veux que je te réponde ? Que je sais que t'es allé te saouler chez l'autre con car tu me supportais plus ? C'est pas parce que t'étais tout mignon hier soir que ça efface ça.

— Je suis désolé, je t'assure que je n'aime pas Matthias et...

— Et c'est pas son cas. Je sais, rien n'est de ta faute. C'est toujours Matthias qui a le bon dos. Tu sais quoi ? Je commence à le plaindre ce pauvre gars : il s'en prend toujours plein la gueule avec toi.

— Léo, on s'en fout de Matthias. Je m'en fous et tu devrais pas t'en soucier non plus.

— Alors pourquoi t'es allé chez lui ?

— Car je me sentais mal. Que Matthias était la personne qui t'énerverait le plus. Car j'ai été stupide et que j'en suis désolé.

— C'est un peu facile d'être désolé. »

Je n'arrêtais pas de penser qu'il m'avait dit qu'il m'aimait cette nuit et qu'il ne devait même pas s'en souvenir.

« Et comment je fais pour me faire pardonner si j'ai pas le droit de m'excuser ?

— Je ne sais pas. Peut-être qu'il n'y a pas moyen.

— Quoi ? »

J'avais envie de me gifler. J'étais en train de le repousser alors que je n'en avais pas envie. Je me suis détesté.

« Léo, je t'aime. Ne romps pas. »

Je l'ai regardé. Son visage affichait un grand désespoir et je m'en suis voulu.

« Moi aussi, je t'aime. »

Il a semblé s'arrêter de respirer. C'était la première fois que je le lui disais, étant donné que je ne lui avais pas répondu le soir de l'interview. C'était la première fois pourtant ça sonnait comme la millième. Peut-être que c'était un problème, quelque part, mais je l'avais tellement répété dans ma tête que ça m'avait paru... fade. Un peu comme si je l'avais dit tellement de fois que ça en perdait son sens.

Pour Théo, tout le sens était là puisqu'il m'a embrassé comme si ma mère ne risquait pas de débarquer d'un moment à l'autre. (En fait, étant donné qu'il était déjà neuf heures, ma mère n'allait pas se pointer dans le salon : elle était déjà partie.)

J'ai eu peur qu'il recommence comme cette nuit, c'est-à-dire qu'il me murmure des choses peu catholiques à l'oreille en essayant d'enlever mon haut. Il n'en était rien ; il m'a seulement embrassé, encore et encore, et j'ai dû me retirer pour reprendre mon souffle car je n'avais jamais eu une apnée extraordinaire.

« Léo... a murmuré Théo contre moi.

— Oui ?

— Tu en as envie ? a-t-il poursuivi en posant sa main... à l'endroit interdit. »

C'était difficile de dire non. Déjà, le ton de sa voix me faisait chavirer. De plus, ça était présent. Pour la fin mais pas des moindres, j'en avais très envie. Mais je trouvais que ce n'était pas le moment, je devais mettre toute mon énergie dans le travail, dans la réussite de mon bac et non avec Théo. Il me restait à peine deux semaines pour me préparer, je ne pouvais pas batifoler ainsi.

Mais comment expliquer ça à un garçon brûlant de désir qui avait tellement envie de vous qu'il vous faisait penser que, vous aussi, vous avez envie de lui ?

« Oui mais...

— Mais ? a-t-il dit en retirant immédiatement sa main.

— Je ne veux pas. »

Il m'a embrassé.

« D'accord. » a-t-il simplement dit en me serrant dans ses bras.

C'était radicalement différent de la situation avec Gladys. Elle, elle aurait insisté. Pas Théo. Bon, en même temps, ils ne voulaient pas la même chose. Gladys, c'était sûrement pour gagner un pari. Théo c'était... Pour quoi, d'ailleurs ? Pour qu'on s'aime le plus longtemps possible ? C'était tellement niais, mais c'était tellement ça.

Bref. Finalement, on s'est levés et je suis allé réviser à fond toute la journée. J'ai fait des fiches, encore et encore, je les ai apprises, je les ai lues et relues... Enfin, une journée de révision normale. J'avais très envie de dessiner, ça faisait longtemps que je n'avais plus pris le temps d'apposer mon crayon sur le papier. Ni même d'y tracer des courbes multiples pour rendre justice au monde et sa beauté.

Je ne prends certes plus le temps de dessiner, ni d'aller sur Wikipédia d'ailleurs, mais j'essaye d'aller à la pelouse de la gare une fois par semaine. Cet endroit me permet toujours de me sentir mieux. Et puis, il s'y est passé tellement de choses. Quoique, pas tant que ça.

Mais j'y ai rencontré Théo. Et rencontrer Théo est la chose la plus merveilleuse qui me soit arrivée, donc il est logique que ça prenne autant de place dans ma vie. Enfin, je suppose.

Je n'ai pas vu Théo de la journée. Il est sorti, j'essayais d'imaginer qu'il n'était pas avec Matthias mais je savais que c'était le cas. Peut-être qu'il mettait les points sur les i, lui précisait qu'il n'avait pas le droit de manquer à quiconque d'autre qu'à moi. C'était juste ce que j'espérais. Je sais que ça ne s'est pas passé comme ça. Déjà, car j'étais peut-être (un peu) trop possessif. J'avais tendance à accaparer Théo, je voulais qu'il passe tout son temps avec moi car j'avais besoin de me sentir exister à travers lui. Parce qu'exister à travers Théo était la plus belle chose du monde. Et puis, Théo avait le droit d'avoir des amis. Même si cet ami était Matthias.

Je lui avais fait tellement de mal en allant à ma première soirée, c'était comme un juste retour des choses. Je lui avais fait beaucoup de peine, il devait m'en faire aussi. Je suppose que c'est toujours cette histoire de karma.

Théo est rentré avant ma mère. Il a fait à manger, car il m'avait expliquer qu'il se sentait redevable envers ma mère et cherchait un moyen de la remercier de le laisser habiter ici. Je lui avais proposé de faire la cuisine, étant donné que Maman détestait ça, et il avait accepté en précisant qu'il avait justement des talents culinaires. Y avait-il quelque chose où il n'était pas doué ? Cette vision est trop idéalisée, donc voici une liste des choses qu'il est incapable de faire : jardiner (du moins faire pousser des plantes, bécher, ça, je ne dis pas), dessiner, écrire droit même avec des lignes, monter à cheval (voire même à poney)...

Voilà. Je me sens mieux maintenant que l'amas de perfection qu'est sa personne se retrouve comparée à des choses que, moi, je sais faire.

Bref, une fois que j'en ai eu fini avec Descartes, de son doux prénom René, j'ai accepté de mettre les pieds sous la table où j'étais déjà assis et Théo a mis des assiettes quand ma mère arrivait. On a mangé dans la joie, même si je commençais à sentir le stress monter. Le Bac, c'est un truc qu'on vous rabâche depuis le CP et, à force, si vous n'angoissez pas, c'est que vous n'êtes tout simplement pas humain. Alors que, franchement, le Bac, on peut faire sans. Il y a plein de métiers et de formations qui ne nécessitent pas le Bac (ceci dit, futur Léo, aies ton Bac s'il te plaît, sinon Maman va faire un arrêt cardiaque).

Je retiendrai de ce dîner la lumière particulière du coucher de soleil qui perçait à travers le salon. Et de cette soirée la façon dont Théo m'a raconté qu'il avait bien précisé à Matthias qu'il ne l'aimait plus, mais qu'il m'aimait moi. Rien que moi.

Léo

vingtièmelettre

Dimanche

Cher futur Léo,

AU SECOURS. JOUR MOINS QUATRE AVANT LE BAC.

Voilà, j'avais besoin d'écrire ça quelque part. Car même si j'essaye de paraître zen, histoire de rassurer ma mère... Je. Ne. Le. Suis. Pas. J'ai beau avoir dit qu'on pouvait faire sans le Bac, c'est quand même « un petit pas pour l'homme mais un grand pas pour l'élève que je suis ».

Je passe donc mes journées à réviser. Je crois que Théo en a un peu marre de faire face à un mur quand il me parle, car dans ma tête je révise ma spé maths même quand je mange. Les statistiques, je connais. Il reste juste tout le reste du programme. Faisable.

Aujourd'hui, Maman a décrété que c'était mon jour de pause. Elle stresse à chaque fois qu'elle me voit travailler, même si c'est complètement l'inverse qui devrait se passer : ça devrait la rassurer. Un minimum, quoi.

Alors Théo m'a emmené avec lui voir ses amis, qui n'ont pas tardé à devenir les miens au fil de la journée. Enfin, pour ce qui est de Sam et Alice.

Voilà comment s'est présentée la journée : j'étais dans le canapé-lit, avec Théo, et Maman a réveillée Théo en partant en lui précisant que c'était mon « jour off ». Oui, comme les rock star. Elle devait sûrement s'imaginer que ça parlerait plus à Théo. Bref, tout guilleret d'aller voir les amis de Théo, j'ai pensé que j'allais passer une bonne journée. Et tout confirmait mon espoir quand Sam et Alice sont arrivées vers moi et m'ont saluées.

« Merci d'avoir sauvé Théo, a dit Alice. Hugo m'a raconté, tu ne peux pas t'imaginer à quel point nous sommes heureux que tu l'ai fait. »

Sam a approuvé, Théo ne disait rien. Je sentais qu'il n'aimait pas parler de ça, et que ce moment serait l'un des rares où ses amis le feraient. C'est ce que font les amis, non ? Ils sont là, mais ne vous embarrassent pas.

« Oui, merci beaucoup, Léo, a ajouté Sam. »

Je n'avais pas l'impression d'avoir faire grand-chose, mais je savais que ça avait fait la différence. Si je n'avais pas appelé, qui aurait fait quelque chose ? Sûrement pas la mère de Théo, qui était tout aussi folle que son père.

Quoiqu'il en soit, j'ai répliqué que c'était normal. Parce que n'importe qui aimant Théo aurait fait la même chose. Regarde un peu Hugo et Matthias qui ont rappliqué dans les cinq minutes.

Puis nous sommes entrés dans la maison où Hugo, Bob et Matthias se trouvaient déjà. C'était la même que lors de la fête ; je crois me souvenir que Bob et Sam faisaient une colocation dans cette habitation, qu'il n'y avait donc pas de parents présents. Heureusement, car, étant donné le cendrier que je voyais, il ne valait mieux pas que des adultes responsables tombent dessus.

On m'a proposé de fumer, j'ai refusé, et j'ai discuté avec Alice et Sam. Alice m'a expliqué sa situation avec Hugo : ils se connaissaient depuis le collège, qu'ils avaient passé en internat, et étaient toujours soit amis, soit en couple. Je lui ai fait remarqué qu'ils allaient plutôt bien ensemble, de ce que j'en voyais, et j'ai cru remarquer Sam lever les yeux au ciel mais je n'en étais pas sûr.

Ensuite, Sam a parlé du fait qu'elle n'avait pas encore été acceptée en Master dans sa fac, qu'elle se faisait du soucis pour ses études, et au bout d'un très long moment (Bob avait fumé pas moins de dix cigarettes depuis que l'on parlait), Alice m'a demandé :

« Et toi ?

— Et moi, quoi ?

— Qu'est-ce qui se passe dans ta vie, Léo, a-t-elle poursuivi avec une bienveillance qui m'était inconnue avec les personnes que je ne connaissais pas vraiment. Théo nous a dit que tu passais ton bac cette année ; ça se passe bien ?

— Ah, le bac… Si je dis joker, ça passe ? »

Elles ont rigolé, pendant que je sentais la pression monter. J'étais beaucoup trop anxieux pour pouvoir parler de n'importe quelle épreuve du baccalauréat ; j'avais oublié, pour quelques quarts d'heure, que ma scolarité se jouait dans quatre jours. Pour ma santé mentale, mieux valait passer à autre chose.

« Parlons de Théo, dans ce cas, a dit Sam alors que je me sentais rougir.

— Il ne veut rien nous dire, a soupiré Alice en balançant ses cheveux blonds derrière son épaule. C'est incroyable à quel point il peut être secret te concernant. J'ai l'impression que tu es son jardin secret. »

C'était plutôt flatteur, je dois le reconnaître, mais c'était étrange de savoir que des gens s'intéressaient à notre relation d'aussi près.

« Je pense qu'il ne veut pas blesser Matthias, c'est tout. »

Pourquoi je ne me taisais pas ? Parler de l'ex de Théo m'était tout sauf agréable, et je n'avais jamais pensé à ça auparavant, alors pourquoi cela avait-il jailli de ma bouche ainsi ?

« Tu penses que Théo aime encore Matthias ? a dit Sam à voix très basse.

— Je… Laissez tomber, je n'ai rien dit.

— Léo, tu n'as pas confiance en lui ? a ajouté Alice.

— Bien sûr que si. » ai-je répondu un peu trop sèchement mais elle ne m'en a pas tenu rigueur.

Théo et Maman étaient les seules personnes en qui j'avais une confiance absolue, alors je n'appréciais pas trop qu'on me dise que ce n'était pas le cas.

J'ai regardé Théo un instant ; il fumait une cigarette en discutant avec Bob, et non avec Matthias pour le moment. J'ai ressenti un élan d'affection pour mon... copain. Oui, mon copain.

« Tu penses cependant que Théo aime encore Matthias, a affirmé Sam.

— Je pencherai plutôt sur l'inverse, ai-je avoué. »

Elles ont regardé Matthias avec toute l'indiscrétion du monde.

« C'est possible, a admis Sam sans croiser mon regard.

— J'ai vu un message où il lui disait que Théo lui manquait. »

Rien que d'y penser, je sentais la jalousie m'étrangler.

« Oh. » ont-elles dit en chœur en se regardant.

Elles se sont fixées un moment, pendant qu'autour de nous les voix jacassaient, puis Sam a dit :

« Ok, Alice, dis-lui ce que Matthias t'a dit.

— Il… il aime toujours Théo. Il m'a parlé de la soirée où ils se sont bourrés la gueule. Je ne crois pas qu'il se soit passé quelque chose, honnêtement, s'est-elle empressée de dire en voyant ma tête déconfite. Mais Matthias a parlé de leur relation, il essayait de faire réagir Théo. Et ça n'a pas vraiment marché, puisque Théo en a eu assez et est parti. Avant ça, il a dit qu'il t'aimait, qu'il ne voulait pas te laisser tomber, qu'il savait même plus ce qu'il fichait chez Matthias au lieu d'être avec toi. Ne dis à personne que je t'ai dit ça, s'il te plaît. Je le fais car tu as peur et que tu rends Théo heureux, car il ne faut pas que tu doutes de lui, pas pour perdre la confiance de Matthias.

— Tu as ma parole. » ai-je juré en essayant de ne pas sourire.

J'étais tellement heureux que j'aurais voulu embrasser Théo mais, franchement, devant Matthias ? La dernière fois que j'avais tenu la main de Théo devant lui, il m'avait collé un poing dans la figure. D'ailleurs, Bob et Hugo étaient allés chercher des bouteilles dans la cuisine, résultat : Matthias et mon copain parlaient ensemble. Pas du tout appréciable.

« Bon, maintenant que tu es rassuré, comment vous vous êtes rencontrés tous les deux ? »

J'ai souri à Alice, puis j'ai conté notre étonnante histoire à la pelouse de la gare. J'ai omis certains passages que je jugeais trop intimes, comme notre premier baiser, ou bien mes moments de crise. Parler des ces derniers relevait de la démence ; je ne savais pas si elles comprendraient. Comment expliquer que, parfois, je peux rester des heures à regarder le plafond, totalement paralysé, anesthésié du monde qui m'entoure ? Comment expliquer que je suis déjà resté sous la pluie des heures durant, allongé par terre, sans ressentir autre chose qu'un trou béant à la place du cœur ?

Je ne suis pas sûr de pouvoir le faire comprendre assez fort. Qui peut comprendre ? Qui peut vouloir comprendre ça ? Ce n'est pas comme si ce n'était pas effrayant. Moi-même, après coup, ça me terrorise. Je suis certain que Théo et ma mère ont peur et, à leur place, j'aurais peur aussi. Ce n'est pas un rythme de vie normal.

Mais bon, on fait ce qu'on peut, quand on le peut.

Et même si parfois ce n'est pas suffisant, c'est déjà bien.

« C'est trop mignon, est intervenue Alice en regardant Théo après m'avoir fixé tout le temps où je parlais. Je me doutais que Théo cachait bien son jeu.

— Comment ça ? ai-je demandé en haussant un sourcil.

— Tu sais, il ne s'éparpille pas en détails. « Je dors chez Léo », ça se traduit par « je me sens bien avec lui ». Ce genre de trucs. »

J'ai croisé le regard dudit Théo. Mon cœur a loupé un battement et j'ai vraiment eu très envie de l'embrasser. Mais, à nouveau, je me suis raisonné. Pas possible. Pas devant Matthias. Ni tant de monde. J'aurais été beaucoup trop gêné.

Alice a levé son verre, Sam l'a imitée, et celle-là a dit :

« À vous deux. »

J'en ai eu les larmes aux yeux.

Théo est arrivé vers moi. Il avait son éternel sourire avec une fossette sur chaque joue, ses cheveux tombant jusque ses sourcils, et la lumière naturelle faisait ressortir les étincelles éparses qui brillaient au fond de ses yeux. Il a dit :

« Alors, comme ça, vous faites pleurer mon petit-ami ? »

J'ai adoré qu'il dise ça devant elles. Ce n'était pas qu'il n'assumait pas, c'était juste que c'était la première fois qu'il rendait les choses officielles devant quelqu'un d'autre que ma mère ou ses parents.

« Eh, au fait, nouveau concert d'Aro prévu en juillet. J'aimerais t'inviter, Léo, vu que tu ne seras plus en fauteuil.

— Et nous ? sont intervenues Sam et Alice.

— De toute façon, vous vous incrustez toujours. »

Elles ont ri, Théo a ri, et moi je les ai regardé. Et puis j'ai ri aussi.

Car ça faisait du bien de ne pas être spectateur de ma vie. De la regarder dans le moment présent et de ne pas être nostalgique ou mélancolique ou quoi que ce soit de triste. D'être là. Juste ça.

Enfin bref. Le Bac, c'est dans quatre jours. Alice et Sam ont levé leur verre pour Théo et moi. On m'enlève mes plâtres après mes examens. Théo m'a invité à son prochain concert, juste après les résultats.

Je ne pense pas que j'écrirai avant la fin du Bac. J'ai besoin de me concentrer.

Quoiqu'il en soit, la vie est belle.

Je veux que ça dure.

Et j'y crois.

Léo

vingt-et-unièmelettre

Jour des résultats

Cher futur Léo,

Je n'ai plus mes plâtres depuis une semaine. C'est quand même beaucoup plus pratique pour faire les choses de la vie. Bref, j'ai passé cette semaine à stresser et à voir les amis de Théo. Tout ça, je l'ai fait avec lui. Surtout stresser.

Il faut dire que j'ai tendance à toujours sur-réagir. Donc, forcément, ce matin, quand je me suis réveillé… c'était à une heure du matin. Soit quarante minutes après être parvenu à m'endormir. En sortant de mon lit, j'ai veillé à ne pas marcher sur Théo, qui lui dormait encore, le tout sur un matelas couché au sol. Je suis allé dans l'atelier, j'ai dessiné, mais impossible de ne pas oublier que les résultats du Bac étaient dans la journée.

J'ai passé quelques temps sur Wikipédia, avant de me dire que j'avais besoin de me calmer. On m'avait déjà parlé de méditation, de pleine conscience, mais ça n'avait jamais été mon truc car je n'étais jamais vraiment… comment trouver le mot juste ? Disons que pendant mes moments de crise, je n'étais jamais conscient d'exister, ou alors l'inverse : j'en étais trop conscient, au point que le poids de mon existence se transformait en entrave à ma vie immédiate.

Pour me calmer, je n'avais pas trente-six solutions : j'ai été réveiller Théo. Oui, comme un gamin de sept ans qui a fait un cauchemar.

« Quoi ? Qu'est-ce qui se passe ? a-t-il marmonné en se terrant sous la couverture.

— Tu m'accueilles dans ton lit ?

— Bien sûr, a-t-il murmuré en levant la couette pour que je m'installe à ses côtés. »

Je me souviens m'être blotti contre lui, et je lui ai dit :

« J'ai peur de ne pas l'avoir.

— Léo, si tu n'as pas vingt en spé maths, c'est que le correcteur n'a pas lu ta copie.

— Je ne parle pas que des maths. Et si je déçois ma mère ? Elle s'attend à ce que je ramène une mention Très Bien, mais je sais que j'ai pas assez bossé…

— Eh, Léo, c'est que le Bac. Tu sais, je ne l'ai eu qu'au rattrapage. Est-ce que ça m'a empêché d'aller en musicologie ? De faire partie d'un groupe de musique ? D'avoir du succès ? Mon seul soucis, c'était de l'avoir. Pas avec mention, même pas du premier coup car je bossais vraiment pas, tout ça juste pour énerver mes parents. Je sais que j'aurais dû travailler mais je sais aussi que, toi, tu l'as fait. Je suis certain que tu l'auras.

— Mais... si j'ai pas la mention ?

— Ta mère m'a l'air de tout sauf de quelqu'un qui accepterait pas ça. Je suis sûr qu'elle serait même ravie par le simple fait que tu l'aies. Arrête de penser que tu dois être le meilleur pour tout le monde, d'accord ? T'es le meilleur pour ta mère, que tu aies une mention ou pas. »

Je l'ai embrassé.

« Et t'es aussi le meilleur pour moi, ok ? C'est tout ce qui importe... »

J'ai voulu l'embrasser à nouveau, mais il avait déjà fermé les yeux.

J'ai réussi à dormir quelques heures de plus mais, à la moitié du cadran, j'ai ouvert grand les yeux et je suis allé me faire un café. Puis un deuxième. Le troisième, je l'ai pris décaféiné pour ne pas être excité comme une puce quand Théo m'emmènerait chercher mes résultats.

Et puis, comme prévu, c'est arrivé. J'ai été chercher mes résultats.

J'avais les jambes qui tremblaient en marchant vers le panneau. Théo était resté dans sa voiture pour qu'on ne commence pas à le prendre en photo de tous les côtés alors, quand j'ai vu mon nom sur la liste « ADMIS », accompagné de la mention bien en lettres capitales, j'ai marché le plus calmement possible jusque la voiture et j'ai levé le pouce. Un immense sourire s'est affiché sur le visage de mon copain, il est sorti de sa voiture et m'a embrassé. Devant tout le monde.

Et le plus étonnant, c'est que, sur le moment, je ne pensais pas à toutes les conséquences de ce baiser public. Comme le fait que tous les fans d'Aro sauraient que je sortais avec le fameux Théodore. Comme le fait que Matthias l'apprendrait aussi.

Mais ce n'est que maintenant que je pense à tout ça. Car c'était tellement merveilleux qu'il m'embrasse comme ça, devant tout ces gens qui avaient remarqué sa présence, que j'en ai oublié de penser. Ouais, incroyable, futur moi. Je suis capable de ne pas penser et de profiter du moment. Comme quoi, tout est possible.

« Il faut fêter ça, a décrété Théo en prenant ma main.

— Pas ce soir, il y a ton concert, je te rappelle. »

Il m'a souri. Du genre sourire malicieux.

« J'avais d'autres idées en tête... a-t-il murmuré doucement à mon oreille. »

Je n'ai pas su quoi répondre. À la place, j'ai détourné la tête et j'ai regardé le sol. En parler à voix haute m'était encore trop embarrassant.

Surtout que quelques fans étaient arrivés vers nous et cherchaient à écouter ce que nous nous disions. Il y avait aussi une sorte de... paparazzi, avec un énorme objectif sur son appareil photo. Théo s'est excusé auprès des bacheliers autour de nous, puis auprès de moi, et nous sommes montés dans sa voiture.

Je suis persuadé d'avoir vu Gladys, tu sais, la fille un peu trop entreprenante, me lancer un regard noir. Sans doute se souvenait-elle très bien de cet épisode dans sa voiture, souvenir que j'avais préféré occulter de ma mémoire pour des raisons très évidentes.

Théo a conduit jusque la maison, ce qui a duré pas moins de trente bonnes minutes car, franchement, demander à ce que les Littéraires aillent chercher leur résultats aussi loin, c'est qu'on n'est pas aimés. Bref. Nous avons réussi à parvenir jusque la maison. Je savais bien que Théo voulait me sauter dessus mais il y avait ma mère à l'intérieur, sûrement un peu stressé car je ne lui avais toujours pas envoyé de message (oups). Mais, quand j'ai ouvert, je me suis rendu compte qu'elle était bien plus stressé que ce que j'imaginais car elle paraissait sur le point de s'évanouir.

« Léo ! Alors ?!

— J'ai eu Bien... »

Elle m'a sauté dans les bras, visiblement ravie, et j'ai aperçu des larmes aux coins de ses yeux.

« Est-ce que ça va ? lui ai-je demandé.

— Oh, bien sûr que ça va, Léo. Je suis si fière de toi. »

Et, ça, ça m'a fait comme un électrochoc. Je ne sais pas trop pourquoi. De toute façon j'avais d'autres choses en tête. Comme le fait que, le lycée, cette prison, c'était... fini. Juste fini. Plus de mauvaises blagues, plus de Dimitri, plus de Madame Jacques, plus de contraintes... Bon évidemment, j'étais conscient que la fac arriverait bientôt, que le défilé de ma scolarité n'était pas totalement terminé. Mais le collège et le lycée, cette grosse partie désagréable dans ma vie, ça, c'était fini. Je ne serais pas obligé de garder contact avec qui que ce soit car, l'année prochaine, ce serait Paris et ses millions de possibilités.

Je me suis senti comme libéré de mes chaînes. J'ai souri, d'un sourire sincère et émerveillé, et je sentais mon cœur battre au fond de moi. Lui-même me disait que ce n'était pas vraiment fini. C'était le début d'une nouvelle période de ma vie. Une nouvelle période que j'espérais plus heureuse et je savais qu'elle le saurait. J'avais Théo dans ma vie maintenant. Et je n'allais pas faire en sorte qu'il en parte. Jamais.

« Léo, tu veux qu'on aille voir Alice et Hugo ? a proposé Théo avec son téléphone dans les mains. Ils proposent qu'on se rejoigne à côté de la salle de concert de ce soir, histoire de prendre un verre.

— Euh, oui, bien sûr. »

J'ai regardé Maman : elle a acquiescé, l'air de dire qu'elle était d'accord. Donc, Théo ne m'a pas sauté dessus, il s'est retenu, mais sitôt dans sa voiture, il m'a embrassé à nouveau, encore et encore, et j'ai dû lui rappeler qu'on était attendu sur Paris pour qu'il daigne se détacher de moi et démarrer la voiture.

Nous sommes arrivés, une heure plus tard, dans le parking privé de la salle où Aro se produisait. J'ai vu Valentin, Jules et Charles, les instrumentistes du groupe, mais nous ne sommes pas restés assez longtemps pour faire plus ample connaissance. Théo m'a emmené à l'extérieur par une porte secrète n'amenant pas sur l'entrée principale, où des fans s'agglutinaient, et nous avons rejoint Alice et Hugo. Ils avaient l'air heureux, même si Sam m'avait dit qu'ils s'étaient récemment séparés, alors j'ai supposé qu'ils étaient déjà de nouveau ensemble.

La vie défile, comme dirait Maman.

« Alors, Léo, ton bac ? » a demandé Alice avec un grand sourire.

Je lui ai répondu que je l'avais, mais c'est Théo qui a précisé que j'avais eu quinze de moyenne et, par conséquent, la mention Bien. Alice s'est exclamée « CHAMPAGNE » et Hugo a murmuré que le Bac, on le donnait à tout le monde, que ça n'avait plus de véritable valeur, qu'au moins je ne l'avais pas eu juste...

Autant j'avais été bluffé qu'il soit venu en cinq minutes pour sauver Théo, autant je ne pouvais pas comprendre pourquoi ils étaient amis. Hugo avait des opinions bien tranchées, parfois un peu violentes (je venais d'avoir mon Bac et il le dévalorisait, qui fait ce genre de chose ?), tandis que Théo était une crème comparé à Hugo.

Je ne me suis pas permis de le remarquer à haute voix. Cela n'aurait pas été correct.

« Alors, Matthias vient ce soir ? a demandé Alice sans se soucier de l'électrochoc que ça pouvait me faire.

— Je ne l'ai pas invité, a murmuré Théo en haussant les épaules.

— C'est mon meilleur ami, est-elle intervenue.

— Tu n'avais qu'à lui dire de venir. Ce n'était pas à moi de le faire, je crois que c'est important de couper le lien qu'on avait. Qu'il comprenne que c'est fini. »

Je ne sais pas pourquoi je doutais tellement de Théo. Sans doute car c'était la première fois que j'étais confronté à un triangle amoureux. Mais cette fois-ci, quand il a dit devant Alice que c'était fini, je me suis douté que Matthias l'entendrait par celle-ci et c'était merveilleux. Je ne voulais pas lui faire de mal, juste qu'il se rende compte que... ça y est. La partie est finie. Game Over.

Après avoir longuement discuté avec Alice et Hugo, nous sommes allés rejoindre la salle de concert. Une queue immense était visible depuis le premier étage, serpentant entre les arbres et tout autour du lieu. Je me suis dit que c'était dingue d'être là, alors que j'aurais très bien pu être chez moi à brasser du noir. À la place, j'avais Théo.

Quand le concert a commencé, Théo m'a embrassé avant d'arriver sur scène, sa guitare dans les bras. Je dois avouer que je ne comprenais strictement rien à ce qu'il baragouinait, et ce car il chantait essentiellement en anglais. Je l'ai fixé pendant deux bonnes demi-heures, avant qu'il ne prenne sa pause toilettes. En passant devant moi (j'étais dans les coulisses, non loin d'Alice, Hugo et toute la bande, excepté Matthias), il m'a arraché un baiser, m'a demandé si j'allais bien, et est reparti sur scène.

J'avoue qu'au bout d'un nouveau quart d'heure, j'ai trouvé le temps long. Ce n'était pas tant Théo ou le groupe en général qui m'ennuyait, mais surtout le fait que je ne comprenais rien du tout aux paroles. Pourquoi n'avaient-ils pas choisi Allemand en première langue vivante au collège ?

Et alors que je m'attardais sur les coutures de mon sac malgré la musique trop bruyante qui aurait dû m'occuper les oreilles, j'ai discerné les paroles de la chanson. Enfin, quelques mots. Elle était devenue plus douce, plus calme, et j'ai tourné la tête pour regarder Théo.

Il avait les yeux fermés et il tenait le micro avec ses deux mains. Cette chanson, je le savais, parlait "d'un garçon qui pensait bien faire, qui voulait aider, mais qui a récolté ce que quelqu'un d'autre a semé".

La lumière de la salle était particulière. Elle baignait chaque moment dans des couleurs merveilleuses.

Je ne pense pas que je t'écrirai à nouveau, futur moi. J'écrivais car j'en avais besoin, mais aujourd'hui je n'ai plus envie d'être un simple narrateur dans ma vie. Je veux être l'acteur. Je veux être le personnage principal d'un film que je n'ai pas choisi pour le rendre plus personnel. Plus... mien. C'est ma vie.

On a le droit de vivre, futur moi, et ce au sens le plus complet du mot. Et j'aimerais que tu te souviennes toujours de ça.

J'espère que tu te portes bien,

Léo

dernièrelettre

Plus tard

Cher jeune Léo,

Aujourd'hui, j'ai relu toutes nos lettres. Mille et un souvenirs sont remontés à la surface et c'était étrange de voir à quel point j'avais du mal à vivre avec moi-même et les autres. Avec le poids de mon histoire, aussi. J'aurais aimé que quelqu'un me dise que ça irait mieux plus tard. Que tout passe. Maman nous le disait, parfois. Mais ce n'est jamais la même chose quand c'est une mère ou un inconnu. Une mère, on a tendance à ne pas la croire.

C'est pour ça que je pense que Théo a rempli ce rôle. J'avais besoin de quelqu'un qui reste. Théo est resté, longtemps.

Aujourd'hui, ça ne me fait plus trop mal de le dire, mais Théo est parti depuis six mois. On était amoureux comme pas deux et c'est moi qui ai tout fichu en l'air. J'aurai dû me foutre en l'air à la place. Et si j'ai lu nos lettres, c'est car j'essayais de me dire que Théo n'était pas si génial. Mais c'est faux, il m'a sauvé la vie. Sans lui, je n'aurais jamais eu vingt-trois ans. Je n'aurais jamais connu l'amour.

Mais je ne pouvais m'empêcher de me demander : pourquoi était-il entré dans ma vie si ce n'était pas pour y rester ?

Aujourd'hui, j'ai essayé mille fois de rédiger un SMS pour Théo, dans l'espoir d'excuser notre rupture abrupte. J'essayais de trouver les mots justes, mais comment faire avec une personne qui écrivait de superbes paroles pour ses chansons ? À côté de lui, j'étais comme illettré. Mais le pire dans tout ça, c'est que je l'aimais toujours. J'avais rompu lors d'une de mes crises de stress post-traumatique, à distance, alors qu'il m'appelait pour me demander une énième fois de le laisser partir en tournée avec son groupe. J'avais été blessant. Trop. Je savais qu'il m'en voulait toujours, et je m'en voulais aussi.

Au début, je passais mon temps à pleurer chez moi, tout seul. Je n'avais aucun ami qui n'était pas commun à Théo. Ils avaient choisi qui des deux ils préféraient, et ce n'était pas moi. Personne ne venait me voir. Ce que tout le monde trouvait intéressant chez moi, c'était lui. Il avait tout emmené dans ses bagages en partant en tournée.

Ma mère, parfois, venait m'apporter à manger. Il fallait dire que j'avais perdu presque dix kilos en six mois. C'était énorme quand on savait que j'étais, de base, un gringalet. Elle me forçait à manger et, en lisant nos lettres, je me suis rappelé que je décevais tout le monde à l'époque. Je crois que c'est toujours le cas.

Dans mon appartement, il reste encore certaines de ses affaires qu'il n'a pas emmenées avec lui à l'autre bout du monde. Un tee-shirt qui ne porte plus son odeur, une corde de guitare cassée sur la table du salon. Son absence est tellement présente que ça en devient insoutenable.

J'ai regardé mon téléphone. Sur l'application de nouvelles concernant les stars, j'ai vu qu'Aro était de retour en France pour quelques jours. J'ai sauté sur l'occasion pour prendre mon courage à deux mains et je l'ai appelé.

Sans même réfléchir un instant.

« Allô, ici Théo. Qui êtes-vous ? »

Je n'ai pas su quoi répondre.

« Allô ? Il y a quelqu'un ? Je vous préviens, je vais raccrocher si c'est encore un canular.

— C'est moi. » suis-je parvenu à dire avant qu'il ne pense à couper l'appel.

Je savais qu'il avait reconnu ma voix. Comment pouvait-on oublier la voix d'une personne avec qui on avait vécu presque six ans ?

« Léo ? »

Derrière lui, j'ai entendu les voix des membres du groupe lui demander si c'était vraiment moi. J'ai senti les larmes me monter aux yeux. J'avais la larme facile.

« On... »

Ma voix s'est brisée.

« On pourrait se voir ? ai-je demandé avec le reste de courage que j'avais.

— Quand ça ? »

Une bouffée de stress s'est emparée de mon cœur. Il n'avait pas dit non.

« Quand tu es disponible.

— Oh. Aujourd'hui, je n'ai rien à faire. »

J'ai entendu d'autres personnes parler, disant « Théo, on a plein de trucs à faire, tu plaisantes ? ». Il devait tenir au courant les autres membres d'Aro. C'était évident. Je me suis demandé s'ils avaient vraiment des choses plus importantes que moi, et pourquoi Théo les repoussait s'il ne manifestait plus la moindre estime à mon égard (ce qui était vrai).

« D'accord.

— On se rejoint au parc du Luxembourg, à la sortie du métro ? Dans trente minutes ?

— Ok. »

Le parc du Luxembourg était à deux arrêts de mon studio d'étudiant. Je n'allais certainement pas mettre trente minutes pour y aller mais je me doutais que, lui, si. Ce parc, c'était un peu ma deuxième pelouse, car aller à celle de ma ville natale était un peu compliqué depuis que je vivais sur Paris. Théo le savait. Pourquoi m'avait-il proposé d'y aller ? Était-ce parce qu'il savait que j'aurais besoin du réconfort que seul l'endroit pouvait me donner ? Allait-il me dire qu'il ne voulait plus entendre parler de moi ?

Je n'en avais aucune idée. Donc j'ai immédiatement été prendre le RER et j'ai attendu à la bouche de métro pendant ce qui m'a semblé être des heures. J'avais le ventre noué, les mains moites et envie de pleurer. Puis, au bout d'un moment, un taxi noir est arrivé devant moi, et Théo est sorti.

Il était toujours aussi beau, même si ses traditionnelles lunettes de soleil cachaient ses yeux. Il n'avait pas sa guitare avec lui, comme avant, mais il portait un sac à dos bien rempli. Je ne savais pas si je devais lui sourire, alors je suis resté impassible de peur de m'effondrer en larmes.

Il a fait deux pas et est arrivé en face de moi.

« Tu as maigri, a-t-il remarqué.

— Oui. »

Je n'ai pas su quoi dire d'autre. Le taxi était parti, il y avait du monde autour de nous et ces personnes faisaient tant de bruit que je n'arrivais plus à m'entendre penser. À moins que je ne fus en train de perdre le fil.

« Tu as bronzé, ai-je fini par dire.

— C'est ça, les États-Unis en plein été. »

Il était manifestement plus doué pour parler que moi. Ça avait toujours été plus ou moins comme ça.

« On s'assoit ? a-t-il proposé.

— Ok. »

Mon Dieu. Pourquoi j'étais obligé de tout saboter avec mes réponses stupides ? Il avait bien voulu me donner un peu de son temps, pourquoi je faisais en sorte de lui faire regretter d'être venu ?

On est allé s'assoir sur la seule pelouse où on peut le faire. Il y avait du monde mais trouver de la place pour deux, c'est pas si compliqué quand on connaît le jardin du Luxembourg comme sa poche.

« Théo ? ai-je murmuré.

— Oui ?

— Pourquoi tu es venu ?

— Pourquoi m'as tu appelé ? a-t-il répliqué en me regardant droit dans les yeux.

— Pour qu'on discute. De ce qui s'est passé il y a...

— Six mois.

— Oui. »

Il y a eu un silence dans le brouhaha omniprésent. C'est dingue à quel point les silences peuvent parler d'eux-mêmes, et ce parmi le bruit.

« Théo, je suis désolé.

— Je sais.

— Je ne voulais pas rompre.

— Alors pourquoi tu l'as fait ? »

Son ton était agressif. Il était piqué au vif.

« Je faisais une crise. Et je sais que ça n'explique pas tout et ne pardonne en rien, mais je faisais une crise à ce moment-là. Et t'étais si heureux d'aller en tournée aux États-Unis que je t'en ai voulu de pas voir que j'étais en pleine crise pendant des jours et des jours. J'avais honte de t'en vouloir et je savais que j'étais un boulet pour toi, alors j'ai préféré rompre. Et...

— Et j'étais tellement heureux que tu as pas voulu me miner avec ce que tu traversais, a-t-il terminé à ma place.

— Oui... »

Il avait baissé les yeux. Moi aussi. Je ne savais pas ce qu'il ressentait mais, chez moi, c'était la bombe atomique dans mon corps. Mes mains tremblaient, j'avais chaud, je clignais des yeux deux fois par seconde, mon cœur allait exploser à force de battre si vite...

« Léo, tu veux que je te dise quelque chose ?

— Vas-y.

— T'avais pas le droit de me jeter comme ça. T'avais pas le droit de rompre alors qu'on a traversé toutes ces choses ensemble. Je pensais que tout allait bien entre nous mais, du jour au lendemain, t'as décidé d'arrêter la meilleure chose que j'avais réussi à faire dans ma vie. T'as bousillé la meilleure partie de moi, Léo. »

Il a fait une pause, histoire que j'encaisse que j'étais un minable.

« Sans toi, c'est vrai que j'ai pu avancer. J'ai fait plein de trucs en partant aux USA, mais t'en feras jamais partie. »

Là, j'ai senti les larmes couler.

Je me sentais tellement mal, alors j'ai songé à prendre un médicament en cas de crise mais je me suis dit que je voulais être en pleine possession de mes moyens pour pouvoir encaisser. Après toutes les années où il avait encaissé à la place, c'était mon tour. Je devais faire ma part du boulot.

« T'étais devenu une entrave à ma vie. Tu m'étouffais et je sais que t'en avais pas conscience, alors je suis parti. C'est vrai, c'était lâche. J'ai pris l'opportunité que tu me donnais, et je suis venu récupérer mes affaires pour te quitter. »

Ok. J'étais vraiment un monstre. Je n'avais jamais vraiment eu conscience de l'étouffer ; je savais que je l'accaparais, mais de là à l'étouff er... Ça m'a fait un choc en entendant ça.

« J'aurais pu en discuter avec toi. Mais tu m'avais dit des horreurs, des trucs que j'avais pas envie d'entendre alors que j'étais si heureux. Et je sais que j'aurais dû voir que t'étais mal, mais je voulais pas le voir. Pas encore une fois. Léo, t'as un cycle de vie toxique. Un coup tu vas super bien, l'autre tu veux plus vivre. Je voulais pas te voir au bord du suicide en partant pour la tournée, alors je t'ai laissé. J'ai pensé qu'Alice ou Sam t'aiderait et je me suis cassé.

— Et tu crois sincèrement qu'en me laissant seul, j'allais pas être au trente-sixième dessous ? »

Ouais. Là, je pleurais à chaude larme. Ma voix se brisait par moment, j'avais du mal à respirer.

« J'ai pas fini mon monologue. Laisse-moi parler. »

J'ai pris ça comme un coup en plein dans le cœur. Je n'aurais peut-être pas dû.

« Mais le gros problème c'est que ces six derniers mois ont été la plus longue période sans toi et, ça, je peux pas expérimenter plus. Je veux pas. J'y survivrai pas Léo. Je veux dire, qui y avait-il à côté de moi dans le lit ? Y avait personne. Et tous les matins, j'avais l'impression que t'allais m'embrasser au réveil et t'étais jamais là. J'ai même imaginé une fois que tu me ferais la surprise. Mais c'est jamais arrivé. C'est jamais arrivé, Léo, et quand tu m'as appelé tout à l'heure, quand j'ai reconnu ta voix, je te dis pas le bonheur qui a irradié mon corps. Mais on peut pas effacer ces six derniers mois. »

J'essayais de voir où il voulait en venir. Comprendre qu'il m'aimait encore, un tant soit peu, ça m'a fait pleurer de plus belle. Mais plus silencieusement.

« Théo, je suis vraiment désolé.

— Moi aussi. Mais je ne peux pas oublier cette période. Et toi non plus. Regarde-toi, on dirait un cadavre ! Pourquoi tu t'es laissé crever ?

— Je trouvais pas quelque chose qui en vaille la peine, ai-je simplement répondu avec un haussement d'épaules.

— Tu vois, rien que cette attitude, c'est toxique. Et ta mère, elle existe pas ? Et Lucie ? Tu crois qu'elle serait heureuse de te voir comme ça ? »

Il l'avait dit. Il avait prononcé ce nom que j'avais de nouveau du mal à dire. Lucie. Elle me rappelait sans arrêt Théo, de bien des manières, alors comment j'étais censé survivre sans lui si Lucie entrait en ligne de mire ?

« Mais sans toi, y avait plus rien Théo. Excepté ma mère, il restait quoi ? T'étais la meilleure partie de moi et tout le monde t'a choisi. Sans exception. J'ai passé les six derniers mois à aller en cours et voir ma mère, tout ça sans parler, sans sourire, sans rien.

— Alors, si j'étais tout, pourquoi t'as pas appelé avant ?

— Je me suis dit que tu voudrais pas me voir.

— Pourquoi aujourd'hui ? Pourquoi t'as appelé aujourd'hui ?

— J'ai relu les lettres que je m'écrivais avant. T'étais partout. J'ai vu que tu étais revenu en France, alors voilà. J'ai appelé. C'était l'opération de la dernière chance. »

Il a souri à la phrase. Je n'ai pas osé lui sourire en retour. C'était peut-être trop tôt.

« Léo, je t'aime toujours. »

Ça lui a échappé. Il n'y a pas d'autre raison.

« Moi aussi. »

On s'est regardés un moment, avant qu'il ne dise :

« On rentre ? J'ai quelque chose à te montrer.

— Tu veux dire, rentrer à l'appart ?

— Oui. »

Il disait ça comme si c'était sa maison à nouveau. Comme s'il n'était pas parti pendant six mois mais juste parti acheter le pain à l'épicerie du coin.

On a pris le train. Et je pourrais jurer qu'il a voulu prendre ma main mais qu'il s'est ravisé. Je me sentais trop stressé, comme à un premier rendez-vous où on ne sait pas quoi dire pour paraître intéressant, sauf que là je n'avais pas besoin de parler. Théo m'a emmené jusqu'à l'appartement, a sorti sa clef qu'il avait gardé, et a ouvert.

Quand il a vu l'état de l'appartement, il a grimacé.

« Va falloir faire le ménage. On va appeler une femme de ménage, j'ai un pote qui en connaît une.

— Tu veux vraiment appeler quelqu'un maintenant ? »

Je l'avoue, j'avais bien d'autres idées en tête.

« À quoi penses-tu, Léo ? »

Il avait un air malicieux qui signifiait qu'il comprenait déjà ce à quoi je pensais.

Je me suis approché, lentement, sûrement, et je l'ai embrassé. Pas un baiser soft de nos débuts. Le genre qui laisse présager la suite.

Je l'ai déshabillé, il a fait de même pour moi, et on s'est embrassé. Il a caressé mon corps qui n'avait plus été touché depuis qu'il était parti, il m'a encore embrassé, et on a fait l'amour. Ce n'était pas un adieu. C'était nos retrouvailles. Ça voulait dire que tout irait bien, qu'on pouvait traverser ça.

Quand il s'est allongé à côté de moi, épuisé, je l'ai embrassé (du genre baiser soft). Il m'a dit :

« Tu sais ce que j'ai fait pendant six mois ?

— Quoi donc ?

— Je t'ai écrit des lettres. »

J'ai demandé à ce qu'il me les montre, mais il n'en avait pas envie pour le moment (même s'il avait dit avoir quelque chose à me montrer ; ah, les hommes). J'ai laissé tomber, car je savais que je n'avais pas très envie de lui montrer les miennes.

Enfin voilà. La vie continue. Elle ne s'arrête pour personne. Et, parfois, au détour d'un couloir, on trouve un peu d'espoir. Il faut toujours s'y rattacher. Je t'assure.

Léo

CPSIA information can be obtained
at www.ICGtesting.com
Printed in the USA
LVHW082359051222
734629LV00016B/1156

9 781837 611973